頁行

黄阿玛的日常

Fumeancats

猫的内心独白日记

志铭与狸猫 著

北京时代华文书局

图书在版编目（CIP）数据

黄阿玛的日常. 猫的内心独白日记/志铭与狸猫著. —北京:
北京时代华文书局, 2018. 10

ISBN 978-7-5699-2676-7

Ⅰ. ①黄… Ⅱ. ①志… Ⅲ. ①随笔－作品集－中国－
当代Ⅳ. ①I267. 1

中国版本图书馆CIP数据核字(2018)第237487号

黄阿玛的日常：猫的内心独白日记

HUANGAMA DE RICHANG：MAO DE NEIXIN DUBAI RIJI

著　　者 | 志铭与狸猫

出 版 人 | 王训海
选题策划 | 页行文化
责任编辑 | 周连杰
装帧设计 | 格·创研社
责任印制 | 刘　银

出版发行 | 北京时代华文书局　http://www.bjsdsj.com.cn
北京市东城区安定门外大街 136 号皇城国际大厦 A 座 8 楼
邮编：100011　电话：010-64267955　64267677
印　　刷 | 北京盛通印刷股份有限公司　010-52249888
（如发现印装质量问题，请与印刷厂联系调换）
开　　本 | 148mm×210mm　1/32　印　张 | 6.5　字　数 | 80 千字
版　　次 | 2019 年 3月第 1 版　印　次 | 2019 年 3月第 1 次印刷
书　　号 | ISBN 978-7-5699-2676-7
定　　价 | 42.00 元

本书是猫的内心独白日记！

喵~

喵~

喵~

阿玛家

成员介绍 & 快问快答

阿玛家的猫咪全都是米克斯，也可称台湾短毛猫，他们都是铲屎官领养或捡来的。

♂

黄阿玛

生日 2007.01.07
2011 年创立阿玛家

♀

招弟

生日 2011.06.01
加入 2011.06.19

♀

三脚

生日 2007.08.04
加入 2011.08.04

	黄阿玛	招弟	三脚
1	化毛膏、小鱼干	猫草	别人的饭
2	调戏大家、睡觉	在阿玛身旁睡觉	管秩序
3	铲屎官的桌边	有阿玛的地方	我的窝啊
4	当然是剪指甲	被抱	被摸屁股
5	当然有	有哦	有啊！废话！
6	21 小时	19 小时	18 小时

阿玛家快问快答　题目　1 喜欢吃　2 喜欢的事情　3 喜欢的地方

阿玛家的两位铲屎官——志铭与狸猫，是家中最卑微的角色。

	搜可史♀ Socles	♂ 噜噜	♂ 柚子	♂ 浣肠
	生日 2010.04.20 加入 2012.01.20	生日 2007.07.14 加入 2012.07.14	生日 2013.09.20 加入 2013.11.01	生日 2015.04.12 加入 2015.05.31
1	猫草	吃的都喜欢	化毛膏	小鱼干
2	躲起来	被摸全身	抓小鸟姐姐	乱尿尿
3	角落	人的旁边	落地窗前	都喜欢啊！
4	被阿玛摸	剪指甲啊！	玩具被藏起来	剪指甲！
5	有哦	很久以前有	没有	有，好可怕
6	16 小时	19 小时	16 小时	18 小时

4 讨厌的事情　5 流浪经验　6 一天睡多久

《阿玛家错综复杂的关系图》

好奇!
喜欢!
老伴
敬重
尊重!
管理
全家

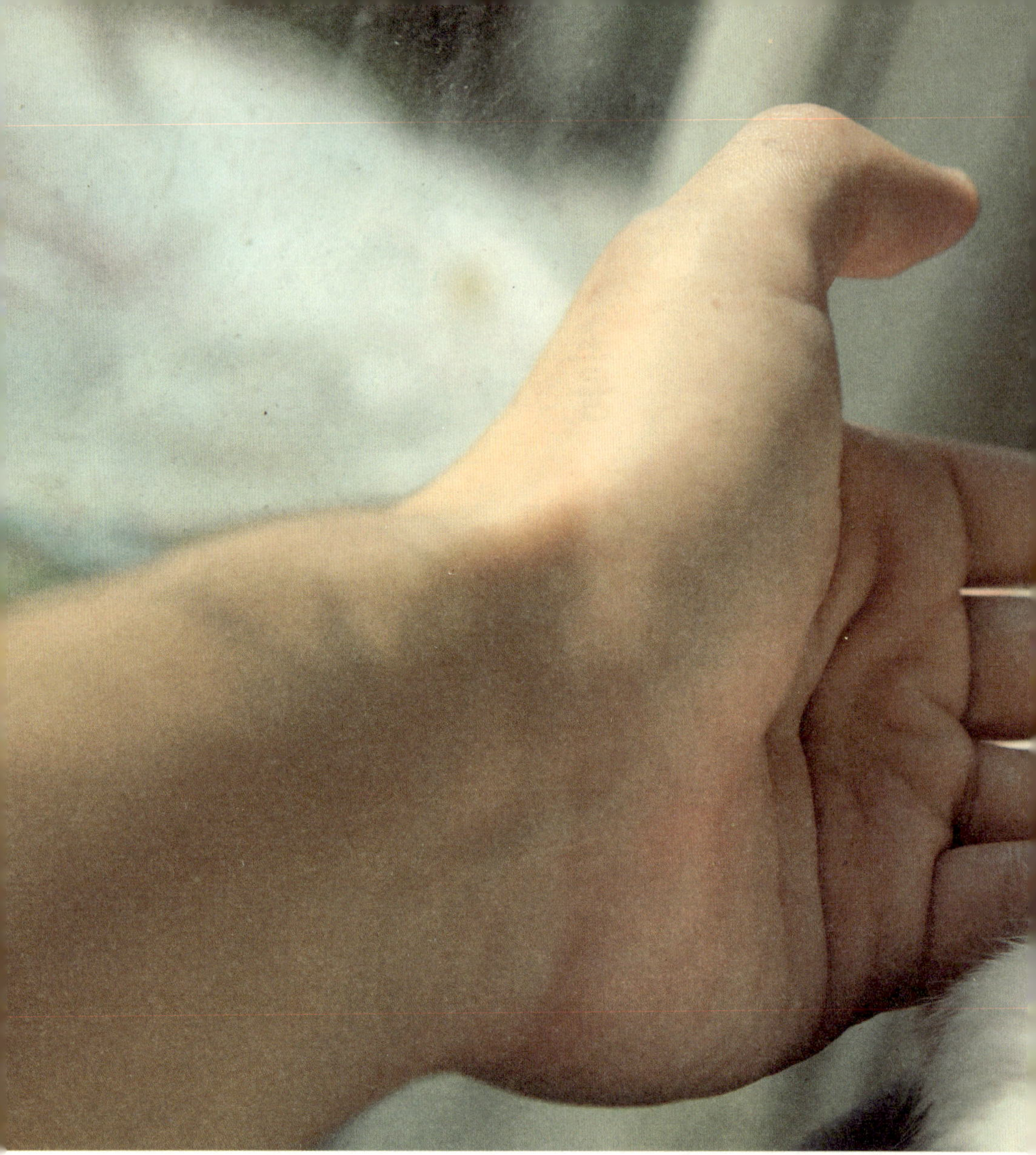

铲屎官："阿玛尽管吩咐，铲屎官使命必达！"

阿玛：“那……帮我和我的小伙伴们清一辈子的猫砂吧！”

阿玛："我觉得大家的日记都写得很真实呢！"

柚子："浣肠！你有没有好好在写日记啊？"
浣肠："有啦！我都在睡前写的哦！"

Contents

Part 2 私生活 129

Part 3 内心话 181

阿玛序

自从上次铲屎官帮我出了第一本书后，我一直有个想法，那本书虽然写得不错，但那都是用铲屎官角度写的故事，不是我们自己真正的心声。所以这次我决定，就用我们猫咪的角度来写吧，这样一来，大家必定会看得更津津有味，于是乎这本“猫的内心独白日记”就诞生了。

记者访问阿玛中

Q：写日记时，有遇到什么困难吗？
玛：因为阿玛家很吵闹，每次写日记都得到半夜时分才有空写。

Q：你觉得谁的日记最混？
玛：柚子或浣肠吧？他们每次都花好多时间在玩你追我跑，不然就是站在落地窗前看一整天的小鸟。

铲屎官序

最近正忙着新书的截稿，又遇上阿玛因肛门腺问题而手术住院，在极度忙碌之际，正好得到《猫的内心独白日记》与《被猫咪包围的日子》两本拙作的简体版本即将上市的消息，开心之余，内心还有种不太真实的感动。

记得2013年我们开始创建有关黄阿玛的日常生活的Facebook粉丝专页，那时我们的影片没什么人看，我们也没有定时拍摄及制作影片，对于当时的我们来说，阿玛粉丝团就只是我们工作之余的兴趣消遣，心有余力才做，所以总是久久才能出一支片。

直到2015年，我们的影片累积了一群固定观众，也越来越多人认得阿玛及其他成员，开始有人期待阿玛的影片，我们也陆续得到了各式各样的回馈，像是“我以前很怕猫，但认识阿玛后，让我认识猫、爱上猫！”很多人甚至因此去领养了猫咪；或者是“原来阿玛是米克斯，原来米克斯可以这么可爱啊！”阿玛及其他成员让大家了解到了米克斯的好与可爱。

除了这些之外，还有更多的人因为阿玛而重拾欢笑，原本忧郁的心情，因为这些猫咪们而得到舒缓，甚至靠着阿玛与其他成员发出的心灵粮食，而不必再服用医生开立的忧郁征药物……因为以上种种原因，我们意识到，原来我们正在做的事情，其实是个重要的任务，对很多人来说不只是兴趣，它更象征着一种社会责任。

多少人因为阿玛而改变了错误的观念？又有多少猫咪因为阿玛而得到了幸福的家？意识到这点之后，我们才真正决定要认真经营，同时也创立了微博的账号，并开始每周固定时间发布影片。

随着时间一天天过去，每周都有许多朋友们在网络上与猫咪们共度周末时光，而透过影片来呈现，只能大概知道他们相处的片段，却无法得知在这些片段背后，猫咪们不为人知的过去。

每只猫咪之所以有今天的性格，其实都跟他们的过去有着很大的关系，在《猫的内心独白日记》中，我们透过猫咪们的视角，让大家与他们一起回顾猫生，透过他们的自白口吻，让我们更了解他们过去发生的种种遭遇；而《被猫咪包围的日子》里，我们更揭露出与猫咪相处的生活充满了无数辛酸血泪，也试图帮助大家更懂得如何与猫咪们相处。

希望简体版本的诞生，能够让喜欢阿玛家猫咪的各位，更贴近阿玛及众猫的生活，也更了解家中的主子们，打造一个人猫都快乐无比的家，更希望无法养猫，甚至是对猫不熟悉、有所误解的人们，能够开始懂猫，开始看见猫咪的可爱。

铲屎官 / 志铭、狸猫

人生啊

Part 1

进入阿玛家前的生活

灰胖："来不及参与的生活。"
阿玛："回想过去，那些不为人知的往事。"
铲屎官："另一个生命。"
招弟："在家里什么地位，其实不重要。"
三脚："险恶的世界。"
Socles："一去不回的医院。"
噜噜："原来我是一只猫。"
柚子："照顾和被照顾。"
浣肠："紧张的我。"

title

来不及参与的后宫生活

written by 灰胖

灰胖："时间总是不等人……要珍惜当下啊！"

还没认识阿玛的那段岁月

好几年前，我也曾住在这个地方，但当时只有我自己，这里也还称不上阿玛家，又过几年后，才依序有了阿玛和招弟。虽然我早就离开了，但看到现在的阿玛家这么热闹，实在替你们觉得开心。想当年，招弟还只是个小朋友。转眼间，阿玛家已经建立，家庭成员越来越多，招弟也早已亭亭玉立，变得更加美丽了呢！

记得小时候，我和我的兄弟们被关在一个冷冰冰的透明玻璃窗里，每天都觉得好冷，所以常靠在一起取暖。外面的世界，则是人来人往的，总是非常嘈杂，每天总有人透过玻璃窗看着我们，并且指着我们说好可爱。有时人很多，那个把我们关起来的人，会把我们抱起来轻轻抚摸，一副和蔼可亲的样子，但是每到夜晚人潮散去之后，他就对我们好凶，或对我们不理不睬，也不帮我们清理便便，有时候我们甚至一整夜都没有水喝，等到早上又开始出现人潮之前，才帮我们装满水。

改变命运的开始

我以为我与兄弟们会一起在这里待一辈子，每天吃草喝水，过着日复一日、一成不变的生活……直到那天，志铭出现在我眼前，我的兔生就这么改变了。

其实以前也常常有人来把我的其他兄弟带走，而且被带走的兄弟，总是一去不回。那天见到志铭时，虽然隔着玻璃，但从他的眼神里，我感受到了不一样的温度，虽然不知这样的预感是好是坏，但那时我就猜到，他是要来把我带走的。我从没想过，有天会轮到我离开这个地方，我没任何心理准备，更不知道这天会来得那么快，当下有一种奇妙的感觉，说不上是开心或是难过，那一刻我只感觉到内心充斥着满满的不安。

离开时，心里突然涌现了些许不舍，本想最后一次别过头道别我的兄弟们时，却意外瞥见旁边贴着一张牌子，上面写着“迷你兔一只 300 台币”，哦！原来我是迷你兔啊。虽然我不知道三百台币是多少钱，但应该就是代表着我的价值吧。不过，这些我都不在乎，也都不是我该烦恼的事情，我唯一的信念就是：努力吃草、大口喝水，每天都开开心心的，那就没什么不满足了吧。

随着铲屎官离开那个地方后，我才知道外面竟然有这么多我从没见过的事物，有汽车、房子、树木、花朵，还有好多好多我没看过的、各式各样的稀奇事物。在铲屎官家的生活，少了兄弟们的陪伴，难免感觉变得有点无趣，不过还好有铲屎官们常常陪伴我，饮食方面也不用再像从前那样跟兄弟们争抢，随时有吃不完的草和喝不完的水。说实在的，这样的日子也算过得十分惬意。

灰胖：“原来，世界不是只有那个小小的玻璃窗。”

2009 年的阿玛

灰胖："阿玛躺在我的笼子里……感觉好大啊！"

最重要的朋友

对我而言，"阿玛"是我最重要的朋友，认识他就是我最开心的事情。虽然一开始，真的觉得阿玛好讨厌，因为他实在太大只了，又跟我长得完全不一样，打从心底就一直觉得他应该会很凶。相处过后，才发现阿玛只是体型壮硕，但实际上却是个憨厚的好好先生，但凡我打他或咬他，他都不会还手，算是蛮有君子风度的。后来我们经历过好多事情，一起在笼子里睡觉、一起追逐玩闹、一起洗澡（阿玛还一边大叫着："灰胖快救我！"现在回想起来觉得真是可爱），从一开始的不打不相识，到后来总是互相鼓励安慰，这辈子能有这样一个的真心好友，真是上天给我最棒的礼物。

灰胖：“这是当年在铲屎官家外的樱花树啊！虽然季节一过马上就凋零了，但这种美，是会放在心里一辈子的。”

放在心里一辈子

谢谢铲屎官把我带到他们的身边，让我享受温暖、享受被爱的幸福，能够在阿玛家生活过，真的觉得自己好幸运！希望现在阿玛家的小伙伴们，都要好好听阿玛的话，阿玛有点年纪了，大家别惹阿玛生气哦，阿玛也要自己照顾身体健康啦，太胖真的不好哦。我会在远方祝福你们，永远都支持你们、爱着你们哦！

灰胖

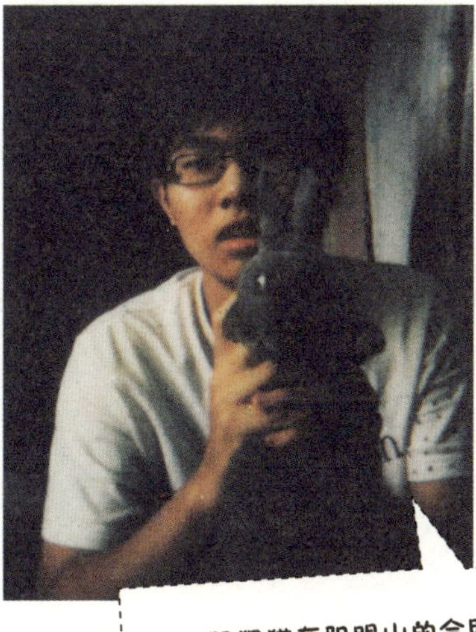

跟狸猫在阳明山的合照！

小知识

灰胖身体虚弱的原因

“领养代替购买”的观念直到近几年才慢慢开始被重视，当年铲屎官在知识不够健全的情况下，从宠物店买了灰胖。不知道是该宠物店的卫生环境差，还是繁殖场恶性繁殖的缘故，灰胖从小身体就虚弱，三天两头就要跑一趟医院，虽然铲屎官悉心照料，灰胖仍因疑似心脏病而离开了阿玛与铲屎官，结束了其短暂的一生。

阿玛点评

阿玛：“大胆！没想到灰胖竟然是宠物店买来的兔子！铲屎官当时真是不懂事，竟然花钱买了灰胖，而且，灰胖怎么可能只值三百台币，在我的心中，灰胖可是世间至宝，价值连城啊！”

阿玛

title

回想过去，那些不为人知的往事…

written by 阿玛

阿玛：“因为那些过去，让我更知道现在的生活，是值得珍惜的。”

2009 年的阿玛

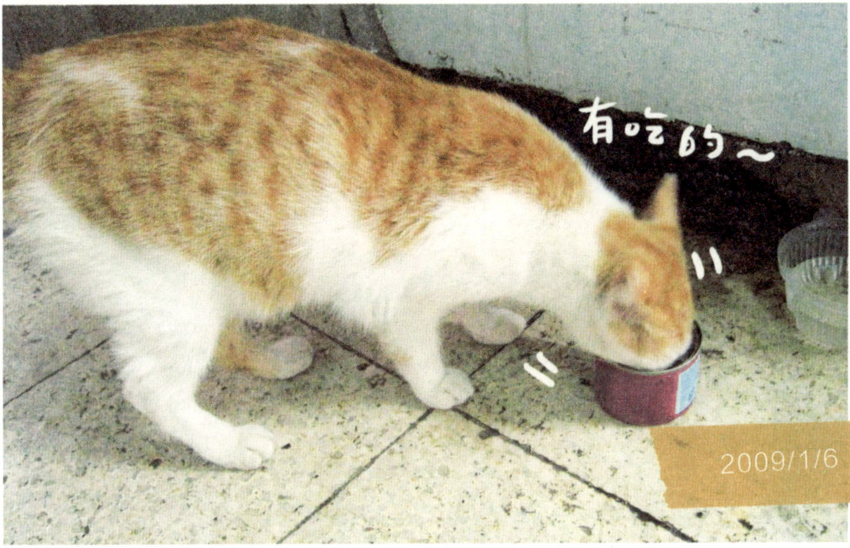

阿玛："在外面流浪时，看到食物都会特别开心呢！"

当我流浪在阳明山

我从前住在阳明山上，每日的生活如履薄冰，危险无所不在，一不小心就可能失去性命，我也因此失去了好多朋友。好几次，我亲眼看见他们被欺负、被狗追赶、被玩弄甚至被坏人殴打，但我除了愤怒，却无能为力，什么忙也帮不上。因此曾有段日子，我变得成天紧张兮兮，害怕人类，也不相信人类，拒绝与人类亲近，但毕竟这世界万物并非全然绝对。后来我陆续耳闻了一些伙伴遇到了好的人类，甚至接受人类的援助，有了崭新的生活，还听说有的伙伴自从遇上铲屎官后，便不愁吃穿，整天饭来张口，都忘了该怎么打猎。虽然不知道他们后来过得如何，但既然甘愿放弃自己与生俱来的本领，想必是跟着人类回去享清福了吧。那时觉得他们真是幸运，虽然不再意气风发，但也不必再像我一样，每天忍受风吹雨打，过着有一餐没一餐的生活了。

家好难找

我想要有个家，也想要有铲屎官可以使唤，于是开始每天在路上闲晃，只要一看到顺眼的铲屎官，就会跑上去命令他们迎我回去。但不知是不是我太胖了，抑或是长得不够帅气，纵使有些铲屎官停下了脚步，也不过是摸摸我，便拍拍屁股走人。我无法理解，为何已经放下身段求人，却迟迟没有遇到愿意接纳我的铲屎官。

2015 年的阿玛

2009 年的阿玛

阿玛："哦，该该！你的饭给我吃一下！"

遇到志铭的那天

一开始，志铭对我爱答不理的，甚至还绕路假装没看到我。不过他憨憨的，一副很好欺负的样子，于是我决定走过去跟他讨个保护费。果不其然，我顺利地要到了一个好吃的罐头，但一个怎么够，于是我又吩咐他："我还要吃！"没想到他竟然听得懂，又乖乖地去买了一个，不过没等我吃完，他就想离开。我心想快要到手的铲屎官怎么可以让他飞走，于是放弃眼前的美食，追向前去。

跟着跟着，才发现他住在地下室，屋子还破破旧旧的，果然是穷学生啊，这让我不免有些担忧。小心翼翼观察四周的环境及安全逃生路线

2015年的阿玛

后，我发现有一个好大的水盆，刚好想喝水解解渴，便饮用了起来。没想到才喝没几口，志铭就朝着我冲过来，一副要袭击我的样子，我情急之下便迅速飞奔逃走了。直到现在我都不了解，当时的志铭到底是怎么回事啊。

之后我继续在那附近徘徊，便是希望若有机会再遇到志铭，一定要好好质问他，为什么要那样吓唬我，并且要求他接我回家。直到晚上，我在某间房门口听到他说话的声音，而且还闻到了食物的味道，马上激动地对着门内呐喊。没多久门就被打开，我迅速冲到食物旁边，旁边还有一只黑白色的喵星人（后来才知道他叫该该），他很识相地马上让开，我快速地帮他收拾完盆里的食物后，一抬头才发现眼前有好多人，而且他们正在讨论我。

不识相的铲屎官

我一眼就认出志铭，对他碎碎念了几声之后，就准备找个舒适的角落，打算在这长住下来。没想到志铭却完全没打算收留我的意思，他们几个甚至想把我放在网络上让大家认养，真是太令我伤心了。“一定会一堆人抢着要我的，你们不要后悔！”我心里面暗自这样思忖着。

2009 年的阿玛

等待被领养时期的阿玛

当我一辈子的铲屎官

在等着把我拱手让人的这段时间里，本以为志铭会暂时收留我，没想到这个没用的志铭竟然害怕喵星人，于是我被安排住在另一个铲屎官狸猫的房里。

狸猫比志铭清瘦很多，感觉好像也蛮好的，这样我就不用怕被吃垮了。而且我发现，狸猫更好欺负，我说什么他都会答应，每天给我很多好吃的，还会帮我按摩捶背，这不就是我从前幻想中那种“饭来张口”的生活吗？不过，他对我越好，越让我感到忧伤，不知道我还能待在这多久呢？我觉得最适合我的地方就是这里了，真不想离开啊。

后来，时间证明一切都是我白担心了，我的认养文放到网络上，好几个月过去了，都没有人想要收留我。想来真是不可思议，我如此相貌堂堂，竟然没人看得上我？不过这样也好，我就顺理成章在这边住下，铲屎官们总算是跑不掉了。

阿玛

阿玛：“后来，铲屎官似乎是想要给我更好的环境，工作室陆续搬了几次家，不过其实到哪里都没关系啦，有得吃、有得睡，我就满意了！”

铲屎官点评

铲屎官："阿玛所说的当初看到的那个大水盆，其实是我们房间走廊的厕所马桶。因为看到阿玛正在喝马桶水，才会情急之下想要阻止，没想到却让阿玛以为我们要揍他，一溜烟地跑走了。"

铲屎官

小知识

阿玛是什么品种？

时常有很多人会问：“阿玛圆圆胖胖的样子好可爱，他是什么品种的呢？”其实只要熟悉阿玛的人就会知道，阿玛不是什么特别的品种猫，他是米克斯猫。所谓“米克斯”（mix），就是混种的意思，与我们平常在街上遇见的流浪猫，并没有任何差别。至于如何养得圆圆胖胖，其实很简单，只要用心照顾，让他们吃饱睡暖，他们都可以这么惹人怜爱。

在台湾，许多人对于猫咪有品种的执念，认为一定要是在宠物店购买的品种猫咪，才是干净健康的，而在外面看到的流浪猫都是肮脏、充满疾病的，其实这样的观念真是“非常非常非常”错误的。

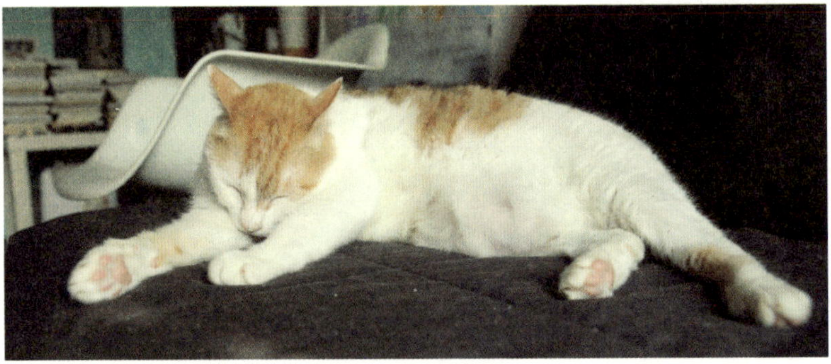

阿玛当初就是一只在路边流浪的野猫，经过悉心照料之后，如今变成被数十万人喜欢的网红喵。品种猫很可爱，但是却有着许多我们不得不面对的问题，他们之所以受到欢迎，是因为他们先天上的特殊性状基因（例如：折耳、短腿、扁脸……），而这些特征除了是他们的特色之外，更是他们的缺陷，使得这些猫咪们有很多先天的疾病，害得他们吃尽苦头，也让照顾他们的铲屎官每月需要支付庞大的医药费用。宠物店总会跟你再三保证这些品种猫都是纯种的，但是这些缺陷，却是他们永远不会告诉你的真相。

希望大家都能领养代替购买，没有买卖，就不会有繁殖场的存在，也不会再有这么多猫咪们受苦受罪了，但如果你也像铲屎官从前一样，在无知的情况下购买了宠物，也请用心对待他们，千万不要因为他们有任何疾病而抛弃他们，请爱他们一辈子。

铲屎官

我是易胖体质啦！
跟品种没有关系！

阿玛点评

阿玛：“没错，大家不要再购买宠物了啊！太多可怜的心酸故事了……”

阿玛

title 另一个生命

written by 铲屎官

铲屎官："他们不只是宠物，而是家人。"

铲屎官："灰胖……"

人类与宠物

自古以来，人类自称是万物之王，把其他生物当作附属品。人类总把对宠物的爱当作是一种恩惠的施舍，而宠物把人类当作平等的朋友、爱人来对待。

关于对生命的认识，首先要感谢灰胖。最初是在夜市看到可爱的灰胖，便花钱把他买了下来，当时心里并没有想太多，只觉得眼前的兔子好可爱，又心想自己若是买了他，或许可以帮助他脱离苦海，给予他幸福的生活。我相信多数购买宠物的人，在购买时的心理活动都是这样的，但在多年后，灰胖过世之时，我才真真切切感受到自己的无知。贩卖宠物的人利用我们的同情心，不断繁殖这些生命，对他们而言，宠物只是商品，是赚钱的工具，而购买宠物的我们更成为宠物恶性繁殖的最大帮凶。我们买了这些"孩子"，但却将他们的父母一辈子置于水深火热当中，我们花钱让他们自由，却造成更多无辜的宠物沦为种公种母，一辈子失去自由。

铲屎官："谢谢灰胖陪伴阿玛、陪伴我的那些日子。"

不只是一只兔子

灰胖离开的那一刻，我伤心得泪流满面，我深刻体会到他是一个真正曾经存在我生命中的另外一个生命。我哭泣是因为我爱他、舍不得他，不只是因为他是一只兔子，而是因为他是灰胖，与我一起制造过许多甜蜜回忆的灰胖，那份爱就像是我们身边习以为常的家人朋友般，那样平凡却可贵，那么，这样的爱又怎么可以用金钱来计算呢？

如果说是灰胖教我认识生命，那么阿玛对我的意义，便是让我学习珍惜生命，除了让我更重视他们的健康之外，更重要的是珍惜有他们一起互相陪伴的这些美好时光。

铲屎官："阿玛偶尔还是会窝在灰胖的窝里睡觉。"

铲屎官："三脚很喜欢撒娇，喜欢待在人旁边。"

铲屎官："阿玛嘴很硬。"

无法规划的缘分

其实一直以来，"养猫"这件事都不在我的人生规划里。

从小到大，猫咪给人的印象总是蒙着一层神秘的面纱，再加上关于猫咪的那些恐怖传说，总是存在于我们的日常生活，因此我对猫咪就一直没有什么好感。直到大学时期遇见室友们的猫咪，才开启了第一次与猫咪亲密接触的体验，紧接着不久后，阿玛就出现在我们的生活当中，我想这就是命中注定吧。

缘分就是如此奇妙，让本来对猫咪都没有好感的两个人，先是陆续认识了不同的几只猫咪，对猫咪有了初步了解，紧接着又安排阿玛到我们的生命当中，陪我们练习这些生命的课题。

铲屎官："阿玛觉得我很蠢……"

铲屎官："阿玛，不要拒绝我嘛！"

设身处地为他们着想

阿玛的出现让我们学会照顾另一个生命，也让当时灰胖的生活有了精彩的变化。转眼间，灰胖已经离去好几年了，而这些年来，每每想起灰胖，就会更加珍惜与阿玛家所有成员的点点滴滴，时常担心他们生病，反复猜想他们是不是不开心？或是自己哪里做得不够好？总是提醒自己，要设身处地，站在他们的立场，体贴他们，替他们着想。

谢谢阿玛家所有成员，不厌其烦地陪着我们，度过辛苦与幸福的每一天，也希望阿玛家所有成员都能长生不老。

铲屎官

小知识

突击恶劣繁殖场！

大家都知道要以“领养”代替“购买”，不该执迷品种，其实不管是什么猫，不管什么花色，他们都是一样可爱。很多人只看到宠物店里那些品种小猫可爱耍萌的一面，殊不知这些可爱小猫的爸爸妈妈，正在我们看不见的角落受着苦。他们被迫不停地繁殖，不仅一辈子待在肮脏的环境，也缺乏妥善的照顾。试想，住在像照片中环境的猫爸妈，生下来的猫咪会是健康的吗？

铲屎官：“种公种母一辈子生活的环境，跟宠物店内的光鲜亮丽比起来，真的有着天壤之别。”

铲屎官：“这就是所谓的品种猫繁殖场……”

照片提供 - 林宝宝．2015 年台中拍摄

在台湾，许多繁殖场都是非法的，即使有些是合法的，但在现今法律宽松不严谨的动物保护法下，仍然有许多漏洞，导致许多所谓“合法繁殖场”，其实是用合法证照来掩护非法，繁殖场内脏乱不堪、恶臭四溢，猫砂盆内的猫砂许久没更换，早已变成块状，也无人清理。这些种公种母就在这样恶劣的环境之下，不断被迫生育，就算满身疾病，只要还有生育价值，就永远不会停止这样的噩梦，直到他们无法再生，才会被贱价卖出，若卖不出便丢弃至收容所，更甚者直接野放或是杀害。

我们应该想想，今天我们若是买了这些宠物店的品种猫犬，便是在助长这些恶劣的繁殖场，更是变相成为这些可怜受害猫咪们的加害帮凶。如果真的爱猫爱狗，我们应该给这些“米克斯”一个机会，但愿在未来，“宠物买卖”能成为历史课本中的名词，这些生命都能得到重视。

title

在家里什么地位，其实不重要

written by 招弟

招弟："不争夺、不强求，是我的猫生之道。"

招弟："那时候真的很可怕……"

儿时记忆

依稀记得年幼时，我和家人住在某个山区，树边的小草丛间就是我们的家。在那儿的生活十分清苦，我们年纪小，还没学会谋生能力，只能靠母亲冒着风雨外出，替我们觅食，虽不能时常温饱，但只要一家人永远待在一块，倒也觉得十分幸福。

幸好，饿肚子的日子没过太久，幸运女神就降临在我们身上。某天，母亲遇到了一位善良的人类姐姐，她看见母亲瘦弱的身躯，便好心准备食物让她享用。从那天起，母亲常常一出门就能遇到姐姐，于是省去了很多觅食的时间，我们一家人也因此多了许多相处时光。

空前未有的狂风暴雨

某日醒来，发现外头正在刮风下雨。因为生活在山区，从出生后，再糟糕的天气对我们来说，都不算什么稀奇的事，只是，这场风雨和往常不同，不仅把好多树木都被吹垮了，甚至地面上也出现好多被打落的招牌残骸。为了安全起见，我们躲在树丛里等待雨停，母亲则为了帮我们觅食，冒着危险跑了出去，我们就这样饿着肚子，待在家里眼巴巴等着母亲，但直到天黑，风雨不但没有变小，还变得越来越大，而母亲从早上出门之后，就再也没回来过。

那个夜晚，就像是一场噩梦，而最后醒来的，只剩下我自己。

隔天一早，我拖着饥饿疲惫的身躯，想到外面寻找食物及家人们，路上满目疮痍，残破脏乱的景象让我全然失去了方向感。正当遍寻不着之时，我看见了那个人类姐姐，四目相接之后，她一步步慢慢走过来，蹲下并轻轻将我捧起，接着便带着我一起回家了。

跟着姐姐回家之后，才发现这世界上竟然有这样好的房子，不但坚固又能遮风避雨，还有享用不完的食物和水，真是太舒适了！正当我思考着该如何找回家人的同时，姐姐告诉我，母亲及家人都没能熬过那晚的风雨，不会再回来了，并且姐姐也无法照顾我，但承诺一定会替我找到好的归宿。姐姐所说的好归宿，便是阿玛家。

进入阿玛家

第一次见到阿玛那巨大威武的身躯时，说不害怕是骗人的，简直惶恐极了。本以为阿玛会疾言厉色、不苟言笑，但是实际接触过后，才发现看似严肃霸气的阿玛，内心深处可是个风度翩翩的柔情男子。

铲屎官则是进入阿玛家之后的第二个惊喜，以前只听闻母亲说人类有多好多善良，经历了山上那个姐姐之后，又遇到阿玛家的铲屎官们，这才明白，人类可真是我们的避风港，我何其有幸，能有这个福分进入阿玛家，陪伴阿玛，与大家一起生活。

招弟：“这时候的我大概才3、4个月大吧！”

招弟："我喜欢静静地观察大家，静静地躺在沙发上睡觉，或者坐在窗台边看风景……"

安分守己

从小到大，我从不喜欢争夺，就连从前姐妹们拼命呼噜想讨母亲欢欣时，我也只是待在角落不愿强出风头。进入阿玛家以后，我日日谨守自己的本分，珍惜这得来不易的福泽恩惠，只要能一直陪着阿玛吃饱穿暖，其他便无所求了。话说回来，三脚姐姐容貌出众，生命历练更是远远胜于我，实在不明白自己怎么就成了阿玛最宠爱的喵，虽然很开心，但是就算不被宠爱也不会怎样，对我而言，这些都只是虚名罢了，都是可有可无的。

招弟：“大家都在吃什么？有鱼的味道？好香……好香啊…….”

我只希望阿玛家的各位都能平安健康。对了，另外我想提醒一件事：虽然我从不争夺些什么，但希望铲屎官以后分送小点心时，别因为我不争夺，就老是忽略我，好吗？

招弟

招弟："阿玛家真的很棒，可以遮风避雨，可以晒到太阳，还可以看到阿玛。"

招弟：“跟阿玛的合照！”

铲屎官点评

铲屎官：“当时那个照顾小招弟的女孩，正是我大学的学妹。学妹原本就有喂养租屋处附近流浪猫的习惯，而招弟也正是那群流浪猫其中之一。招弟所说的那场风雨，就是 2011 年的桑达台风。台风过后，学妹发现了唯一存活的招弟，便赶紧带回家照顾，但由于当时学妹正准备启程出国留学，才紧急联络我，将招弟托付给了阿玛家。”

铲屎官

小故事

女大十八变的招弟

人家说“女大十八变”，通常用来形容小女孩“丑小鸭变天鹅”的过程，拿来套用在招弟的“个性”上，也算是非常贴切。然而能让招弟的性格有如此改变，最关键的莫过于阿玛的调教了。

记得当初从阳明山上把招弟带回来时，招弟的身躯好小一个，缩成一团时比我的手掌还小，那时的招弟非常黏人，只要一见不到人就会不停吵闹，直到把她抱起来抚摸，她才能安静下来。当时的招弟可算是她至今猫生中最亲人撒娇的时期。后来她认识了阿玛，便整天跟前跟后地黏着他，只要一找不到阿玛，招弟就会陷入恐慌焦虑的状态。就这样，招弟正式开始与铲屎官们渐行渐远，可说是标准的“重色轻奴”。

其实这样的演变不难猜到，在幼猫的成长过程中，如果有可以学习的对象，那自然就会影响他们很深。一开始，招弟只是不主动来撒娇了，但没过多久，竟然开始不让抱了，到最后甚至连摸一下，都深深地感受到她眼神所传达出来的不屑与厌恶。招弟从小看着阿玛那种傲娇的态度，她便知道，人类就是铲屎官，铲屎官不会害猫，但是终究只是铲屎官，贵贱亲疏有别，不需要过度亲近。

因为从小受到这样的教育熏陶，所以招弟就像阿玛一样亲人，但也不亲人，他们就是如此矛盾，有所求时就会亲人，满足他们之后就会马上翻脸不认人。仔细想想，这不正是普罗大众对猫咪最摸不透，却又爱又恨的典型性格吗？

铲屎官

title **险恶的世界…** written by 三脚

三脚："一路上风风雨雨，但只要坚持走过来……都会好的。"

外面的世界

我其实是很羡慕招弟的，而让我羡慕的，不是她如何受宠，而是她那颗对世上万物全然信任的心。招弟自年幼就遇见铲屎官，顺利进入阿玛家，因此几乎没有见过外面世界的险恶。在招弟眼中，仿佛这世界上都是好人、好猫、好事情，做任何事情都没有后顾之忧，也没什么烦恼。

但是我就不同了，我从小就在外面过着颠沛流离、三餐不继的生活，时时刻刻害怕没有食物，不得下一餐的温饱，就算好不容易得到了食物，也要谨慎提防被恶猫夺取，每日走在大街上更要时刻当心，一不留神就可能被恶猫恶犬袭击，甚至可能落入陷阱，重则惨死，轻则如我那左手断掌，一辈子再也无法肢体完整。

三脚："外面的坏猫和坏人，真的很多！"

无奈的坚强

我也想像招弟那样温柔婉约、举止优雅，但是见过的坏猫实在太多，这些都是我内心的痛和无法忘记的恐怖回忆。以前在那个社区遇到的公猫个个都不是善类，他们看我一个弱女子，又有残疾跑不快，便时常来找我麻烦欺负我。虽有时我的孩儿们会挡在前面护着我，但是他们毕竟不是分秒伴随在侧。因此，学着武装自己，学着威胁敌人，便是不得不必备的求生技能。虽然跑得不够快，但只要让自己看起来再威严一些、凶狠一些，多少是能让那些无礼之徒稍稍却步的。

但是不管外表再怎么刚强，仍敌不过那些力大无比的恶劣公猫，平时里，他们强取豪夺我们的食物，还时常追打我们。除此之外，每当发情之期，他们便会紧抓着我不放，逼迫我一次又一次地怀胎生子，那种感觉简直生不如死。还好后来遇到了两个学生，他们让医生替我动了手术，自此以后，才免受这些苦。

在外面一直被欺负、
一直生小孩，真的很
辛苦啊！

终于找到避风港

仔细想来，我这一生遇到的人类，大多是善良的。我从小生长在一个社区里，有个一楼的人类家庭曾是我的避风港。每当我被恶犬恶猫追逐时，我必定会毫不犹豫地往那个家的方向跑去，他们会保护我，帮我驱赶那些大坏蛋。后来不知道什么缘故，他们全家都不见了，我和我的孩子们，连续饿了好几天，才遇到那两个好心的学生收留我们，还替我们找家。一直到后来进入阿玛家，遇到这些铲屎官们，他们也都把我们视为珍宝，呵护备至。

但猫可就不同了，阿玛家除了人类之外，还有许多猫，而且除了母猫之外，还有好多只我最讨厌的公猫，虽然有尊贵的阿玛，但他终究是一只公猫，再怎么说，我从前吃公猫的亏可以说是不计其数，进阿玛家后自然不得不提防。

谁？谁偷说我坏话？

阿玛

三脚：“是我想太多吗？”

原来，也有好公猫

起初，阿玛家里只有阿玛一只公猫，仍让我非常害怕，阿玛高大威武，又时常色迷迷地看着我，总让我心生恐惧，过去那些不堪回首的往事，便不由自主地袭上心头，再加上阿玛食量极大，为求温饱，我除了保护自己，还必须武装自己。然而当我准备好要使出全力来对抗这只胖公猫时，才发现原来并不是每只公猫都那样野蛮凶狠。

每当我对阿玛怒吼时，他只会眯着眼睛不敢直视，不像从前那些街上的坏猫总是主动出手攻击我。严格说来，阿玛还算是个君子；就连后来进入阿玛家的噜噜，虽然一副坏猫脸，但至今也不曾真正做过伤害我的事；至于柚子与浣肠，毕竟是没有心机的孩子，倒也没什么好害怕的。但不知为何，或许是从前被欺负得怕了，面对这些公猫，我还是不敢掉以轻心，况且这大半辈子都是那样大声呐喊，一时半刻要改掉这习惯也是麻烦，再加上招弟个性太过温柔，我正好能辅佐她整顿阿玛家法纪，分担其忧，如此想来，倒也觉得没什么需要改变的了。

三脚

三脚：“跟阿玛一起缩成一团，一起晒太阳，暖乎乎的……”

铲屎官点评

铲屎官："三脚是阿玛家里唯一生过孩子的母猫，而且还不止生了一只。当初我们从那两位学生手里接收三脚时，就听说了她从前被野猫野狗欺负的故事，因为三脚的手有残缺，跑得不快也打不赢对手，所以才会老是那样武装自己，也因此她非常亲人，对人类信任程度极高。"

铲屎官

小故事

阿玛家附近的街猫“小花”

像三脚这样亲人的猫其实非常多，然而不得不提的，便是小花。每回说起小花的故事，我们心中都会充满无奈与愧疚，恨自己当初的犹豫不决，没有让小花享受她应得的温暖幸福。

小花是阿玛家所在社区的流浪猫之一，是一只美丽的三花母猫，跟其他流浪猫相比，小花十分亲人，不论对谁，她都能立即放下心防，毫无防备地撒娇讨摸。第一次遇见小花，就看见她的右耳有缺角，代表已经是一只做过 TNR 并且剪耳的猫（做过 TNR 的猫咪，会依照男左女右的规则来做剪耳，所以看到已剪耳的猫咪，代表已被结扎，也可以顺便看出性别）。

小花：“你在拍我啊？慢慢拍，我不会跑走哦。”

曾经不止一次想要把小花抓起来，带她去医院检查并且帮她找个好人家送养，却总有理由告诉自己不要这么做：“小花在这那么多年了，会不会不适应室内的生活？”“社区的人都这么爱小花，若大家找不到她会不会担心难过？”诸如此类的犹豫不决导致最终还是没能帮小花找到家，我们以为如此的生活方式或许对小花是最好的吧！

然而当我们都以为这真是个友爱猫咪的社区时，才发现事情不如我们想的那般美好。在这世界上，有爱猫的人，也有讨厌猫的人，更可恨的是，在这些不喜欢猫的人之中，有些甚至是想伤害他们的。某天在社区机车棚遇见小花，她如往常趴在机车座垫上休息。我伸手准备摸她时，发现她的手上有流血的伤口，本想进一步查看她的伤势，或许是因为伤口疼痛，小花一个转身便跑掉了。

当时我们并不知道，那次与小花的相遇，竟是最后一次。我们心里一直担心着小花的伤势，后来邻居们去查看监视器画面，才发现那天看到的小花的伤口，是被社区里的邻居拿棍棒殴打的，画面中的小花原本待在某台机车上，犯人拿着棍棒走向她，亲人的小花哪里知道这个朝她走来的人竟是想伤害她，棍子毫不犹豫，高高举起重重落在小花的手上，小花抽动了一下，才惊觉危险慌忙窜逃。但小花并没有因此就害怕人，几个小时后遇到我们，仍然不怕人，傻傻待在原地，若不是我碰触到她的伤口，或许她也不会跑掉，也或许她还能有机会找到幸福的家。

那天之后，我们便一直想找机会带小花去看医生，但每次经过机车棚，总寻觅不到她的身影，一直到将近一周后，才从警卫那里得知，小花在社区大门口发生车祸过世了。

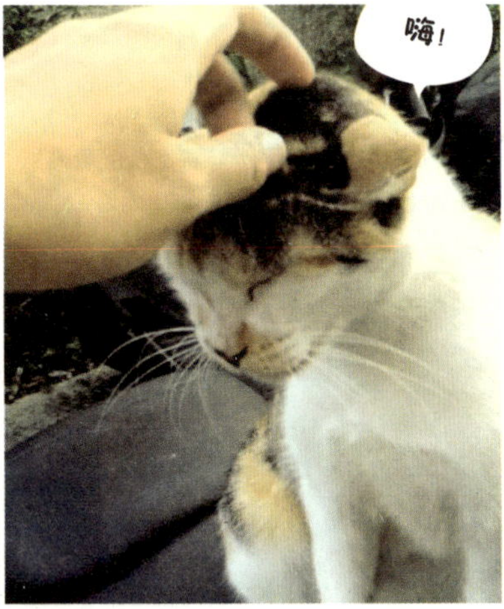

铲屎官："小花很亲人，看到人就会撒娇，怎么摸都可以。"

以小花为主角的贴纸，铲屎官出席的场合都可以免费发送给大家。

小花过世了，就这样离开这个世界了，在她死去的那一刻，不知道她是想着人类对她的好，还是那个伤害她的人对她造成的恐惧呢？她一辈子都如此善良温驯，最后却还是躲不过流浪动物的宿命。经过小花的事件，我也更明白流浪动物随时身处的危险，也更加确信了“亲人”的流浪猫完全不适合在外流浪，他们受到的生命威胁远远高于那些不亲人的流浪动物。

在台湾，流浪动物的平均寿命大约三年，多半是因为疾病或发生车祸等意外而丧命，除此之外，他们的天敌还有那些不安好心的人类。希望未来台湾致力于各项发展之前，也能提高对生命的重视，更希望所有像小花的流浪动物都能享受幸福，找到温暖的家。

铲屎官

三脚点评

三脚：“小花真的太可怜了……大家即使不爱街猫，也不要伤害他们，他们的生命太辛苦、太短暂了。”

三脚

title 一去不回的医院

written by Socles

Socles：“这是我刚来阿玛家的照片……当时好清瘦啊！”

好色的公猫

我要附议三脚所说的话，臭公猫最讨厌了，我也不喜欢公猫。阿玛和噜噜老是色迷迷盯着我，让我觉得很不舒服，所以我才总是躲着他们，如果只是远远看也就算了，可偏偏他们有时竟还想靠近触摸我，真的让我觉得好困扰。

但如果说起为何讨厌公猫，我的原因却又跟三脚完全不同。三脚是因为从前被外面的坏公猫欺负，而我却正好相反，我讨厌这些公猫的原因，是因为我的心里只容得下一只公猫，那正是我这辈子遇到的第一只公猫，也是全世界最优秀的公猫，他有一双圆圆的大眼睛，长得帅气又高大魁梧，行为举止更是风度翩翩，他就是 Chylus（区了斯）。

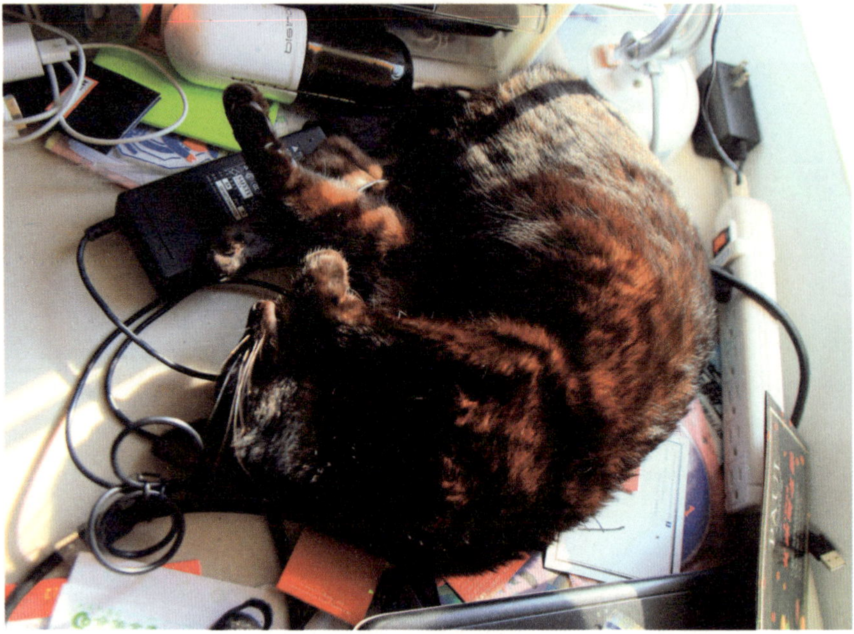

Socles："我睡觉……都会睡很熟……很熟……"

载我迎向未来的机车

从小我就没有父母，也没有其他家人，一直以来的记忆里就只有我自己。不过印象中，我刚在外流浪几天，就遇到了当时的铲屎官。记得是在一个下雨天，我独自在大街上奔跑着，雨下得很大，街上到处都是积水，马路上人车穿梭，我随机跳上了一台机车的脚踏垫上躲着，那个位置恰巧淋不到雨，是个温暖的好地方。

后来我放心地睡着了，睡梦中浮浮沉沉，街上依然车声、人声鼎沸，伴随着风声雨声，以至于周遭有什么变化，我也浑然不知。等到醒来时，才发现眼前有个人类哥哥仿佛在呼唤着我，这时我才惊觉，周遭的环境已经完全不同，街上的嘈杂声没了，取而代之的是安静的巷弄。可想而知，就是眼前的这位哥哥，骑着机车，把睡着的我一路带到这来的。

睡……睡一觉起来，就在陌生的地方，然后身边还多了两只猫，那时候还真是错愕！

其实我当下是吓得腿都软了，毕竟我只是睡了一觉，结果一醒来就被陌生人类带到陌生的地方。他看我没有要逃跑的样子，便把我轻轻抱起，让我跟着他回家。回到家才发现家里还有一个看起来很温柔的人类姐姐，此外，还有两只猫，其中一只叫作 Aris，另一只就是 Chylus。

Aris 打从一开始就不太喜欢我的样子，所以我也不喜欢她，但是 Chylus 就不同了，他总是时时在旁边照顾着我，给我提醒和帮助。从小就没有家人的我，遇到了 Chylus，才第一次有了被保护的感觉。对我而言，Chylus 像是家人，也像朋友，更是体贴的伴侣，我们总一起玩耍、一起吃饭、一起睡觉，开心地过着每一天，原以为幸福的日子会这样一直下去。直到有一天，有个人来到我们家，就什么都改变了。

陌生人来访

那个人就是志铭，其实他刚进门时，我本来觉得没什么，但是后来马上就察觉出其中的不单纯。他手里拿着一个提笼，那个提笼的样子我认得，每次只要姐姐拿出那个提笼，就是要把我抓去看医生，虽然去看医生也没什么大不了，但我就是不喜欢啊，我自己的身体都照顾得很好，为什么非得要我去看医生呢？

所以我开始跑了起来，不想让他们抓到，我边跑边呼救，希望 Chylus 能救救我，但他不但不救我，还一副气定神闲、觉得我大惊小怪的模样，继续自在地趴在那儿不动。

没过多久，我还是被抓到了，虽然不情不愿，但也不得不进提笼前往医院。在医院被诊断过后，医生说我健康得很，没什么大问题，于是我们便准备回家。就是说嘛，我自己的身体我自己很清楚，又没有觉得不舒服，你们干吗抓我来这，浪费我的时间。沿路上我想着，等会儿回家一定要跟 Chylus 闹闹脾气，谁叫他不救我，我一定要跟他冷战一番。正当我一边生着闷气，一边看着沿路风景，才突然发现，怎么全是没见过的景色，直到车子停下来后，仔细一看，才确定这是我没来过的地方。原来，这就是阿玛家。

Socles：“当时好傻……好天真。”

Socles："当时阿玛家只有我们四个哦！"

接受安排

但是 Chylus 呢？Chylus 怎么没有来？怎么只有我来了？Chylus 还在等着我啊！你们怎么没有问我的意见就直接把我带阿玛家来了？我好伤心，虽然阿玛家里有好几个人类，还有好多只猫，非常热闹，但是我只想跟 Chylus 玩，只想靠在 Chylus 旁边一起入睡，其他的猫我一概不喜欢。

但我终究没有选择的权利，没有权利爱人，更没有权利选择我要住在哪里。刚进阿玛家时，只有阿玛一只公猫，大家都说阿玛和 Chylus 很像，我一定会喜欢，但那只是你们一厢情愿的说法。在我看来，他们是完全不同的。外表上，阿玛很肥胖，但 Chylus 是壮硕；而性格上，阿玛太过于霸气，Chylus 却是个温文尔雅的翩翩君子；再加上 Chylus 承诺过只爱我一个，我又怎么可以背弃于他。

阿玛的女人……
招弟……

虽然我进来得很突然，但老实说，阿玛家住起来还算是舒适啦。

小愿望

如今，我深陷阿玛家之中，完全失去 Chylus 的音讯，一入阿玛家深似海，未来更是完全无从而知。虽然铲屎官们对我很好，大家也还算尊重我，不会欺负我，但我还是好想念 Chylus，他一定很后悔那天没有阻止我被带去医院，谁会知道从此我们就这样被拆散，分隔两地。

如今，也只能是走一步算一步，希望远在他乡的 Chylus 能够好好保重，希望有一天，铲屎官会让我们再见一面，我有好多好多的话想要跟他说。

Socles

小故事

关于 Chylus

印象中，当初前主人是因为 Chylus 常会和 Socles 一起联合起来欺负 Aris，为了保护 Aris 才将 Socles 送养，但至于为何非得选择送养 Socles，我们也始终不得而知。不过早在几年前，我们就想过要让 Chylus 与 Socles 再见一面，但联系上前主人后，才知道原来 Chylus 因为肾脏病早已经过世了，当下觉得既悲伤又无奈，我所能做的只有多疼 Socles 一些，多给她一些温暖，也希望 Chylus 在另一个世界，能祝福 Socles 平安健康，幸福快乐。

Socles：“不知道 Chylus 是不是也在晒太阳呢？”

铲屎官点评

铲屎官："生命就像是一段旅程。旅途中会遇到许多人，有些人会陪在你身边很久很久；有些人默默地离开了，你却以为他一直都在……也许这种思念，对 Socles 来说是一种寄托吧。"

铲屎官

title

原来我是一只猫

written by 噜噜

噜噜：“阿玛家的潜规则，真的很多很多……”

阿玛家有好多被害妄想症的母猫

冤枉啊！我被 Socles 和三脚形容得好像是变态一样，但是根本不是那么回事，每次我只是要经过她们，她们从大老远就会开始叫嚣，嘴里对着我喊着“你不要过来！”“色狼！”“你这个变态不要乱摸我！”，然后伴随着超高音的尖叫声，真的是吵死了，谁要碰你们啊！

有时我是要去吃饭，有时我是要去喝水，甚至有时候我只是要去上厕所，你们挡在路中间我都没说话，还在那边恶猫先告状，而且该抱怨的是我吧，每次我在上厕所时，你们到底在门口看什么看啊？我努力把眼神撇向别处，就是不想跟你们对看，但偏偏你们老是在那边直盯着我，害得我只要一不小心转个头，就会被迫跟你们四目相交，紧接着你们就会马上尖叫！这世界到底有没有天理啊？!

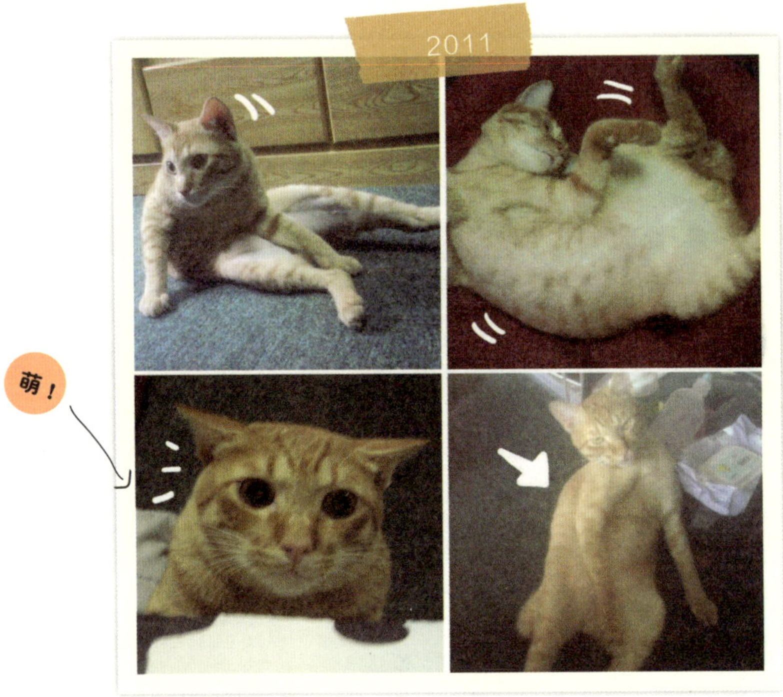

噜噜：“从前的我！”

从前的日子

在我来到阿玛家之前，我没看过猫，也不知道猫是什么东西，那时我住的家里面，有爸爸妈妈还有爷爷奶奶，大家都对我很好，我们每天都过着幸福快乐的日子。平时他们不太管我，也不曾骂我，我肚子饿了就吃，困了就睡，非常自由。

你们知道吗？每天我最期待的时间就是晚上，因为到了晚上，爸爸妈妈就会下班回家陪我，他们吃晚餐时，我也会在旁边吃我自己的小鱼干，边吃边听他们说今天在公司发生的事情。吃饱后，我们会一起在客厅沙发上看电视，但是我其实不爱看，电视里面的人讲话都很快又很急促，我听不懂他们在说什么，但是没关系，看电视不是重点，重点是爸爸妈妈会边看边抚摸我，这让我感到很安心。

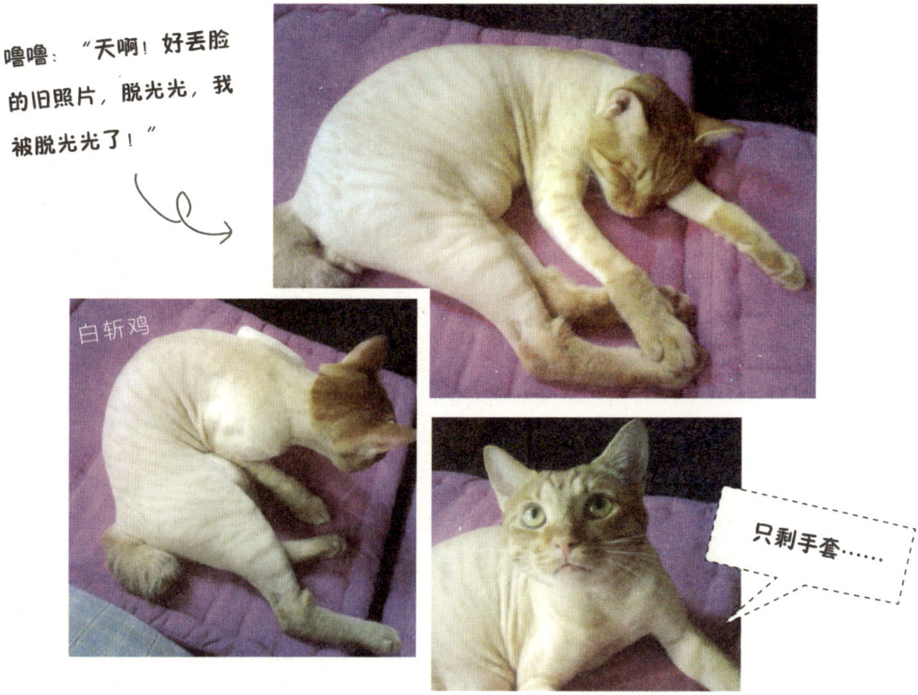

然而，这世界上的快乐时光好像总是无法长久，总是会发生一些坏事来破坏自己习以为常的幸福。

有一天，听说妈妈怀孕了！哇！我即将要多一个妹妹了！那我应该要怎样扮演好一个哥哥的角色呢？那几天我都在思考这件事情。我想，全家最开心的一定是我了，因为有了妹妹之后，就会有人陪我玩了，爸爸妈妈上班的时候我也就不会无聊了，从此之后，终于有人可以陪我说说话，我甚至开始设想，妹妹出生后，我这个当哥哥的应该要学习帮忙一起照顾，帮忙分担爸爸妈妈的辛苦，是时候要学着长大了，我一直这样告诉自己，但没想到，这些事情都是我做不到的。

把我送走的那天

某天晚上睡觉前，我听见爷爷奶奶在跟爸爸妈妈说话，他们在讨论着即将出生的妹妹，还顺便提到噜噜，哦！噜噜就是我本人……他们说：“孩子要出生了，要赶快把噜噜送走。”什么？我满脑子疑惑，为什么要把我送走？要送去哪？我听得一头雾水，完全不懂他们在说什么，爷爷奶奶说，猫咪对小孩子不好，会害她生病受伤，所以一定要把噜噜送走。哦，原来我不是人，我是一只猫。“我不会伤害妹妹啊！”我不停对着他们大声辩解，但这句话是任谁都听不懂的了。

要送我走的那个晚上，只有爸爸一人开车载我，沿路上爸爸跟我道歉，说好多好多他和妈妈对我的不舍，我好生气，我一点都听不进去，也完全不想理他。到了阿玛家之后，爸爸想要跟我告别，但我在赌气，故意把头撇开不理他，以为这样爸爸就会回心转意，把我接回家，但是爸爸只是摸摸我的头，就转身离开了。

为什么要送走我呢？
我不会让妹妹生病啊！

生活变了

刚到阿玛家的日子，除了铲屎官以外，大家都不喜欢我。

我第一次看到阿玛家的猫咪们，才真正察觉到原来自己真的是只猫。一开始我好生气，觉得自己竟然是只猫，我怎么会是一只猫？活了这么久居然一直蒙在鼓里！我当下真的好不爽，所以铲屎官派招弟来跟我打招呼时，我才会那么生气地对她哈气，其实只是因为当下心态还没调整好（准备要接受自己是一只猫的心态），再加上第一次看到“真的猫”，所以有点迁怒，但没想到她也当场对我生气，后来连带着所有的猫都对着我生气，还在旁边呛声叫我道歉！道歉？我怎么可能道歉，从小到大

都没有人会跟我吵架，不管什么事情爸爸妈妈都会让着我，结果一来这边你们就要跟我吵，还不让我，竟然还要我道歉？你们知道我是谁吗？我爸爸说我是小霸王，你们都要听我的！

后来我才知道，原来阿玛是一家之主，阿玛家讲究的是先来后到，这是阿玛家的规矩。但我才不想忍气吞声，每次看到阿玛的时候，我都很想挑战他，但其他猫咪都站在阿玛那边，我永远都只有自己一个，虽然铲屎官们会帮我，但我还是好想家，好想爸爸妈妈。

我不是一直这么凶狠的，
我只是偶尔会坏坏的。

我不喜欢剪指甲

后来有一天，铲屎官说爸爸要来看我，我好开心哦，从早到晚我都超级期待，希望爸爸赶快来救我脱离苦海。但是当我见到爸爸时，才发现爸爸是要来教铲屎官如何帮我剪指甲，我其实超讨厌剪指甲的，以前是因为最爱爸爸了，所以我会忍耐让他帮我剪，但是现在不一样了，那么久没来看我，结果一看到我就要剪指甲，我当下觉得好生气，就狠狠咬了爸爸一口。本来我只是想要表达我的愤怒，没想到爸爸手上的血一直滴，又看到铲屎官们很紧张的模样，我才发现我好像做错事了。爸爸当天离开时，对着我说：“噜噜，你在这边要乖乖的哦，有空我再来看你。”隔天听铲屎官们在聊着，说爸爸的伤口去医院缝了好几针，我听了好难过，我真的不是故意的。

不是所有的猫都跟我一样这么凶狠的……我只是偶尔会坏坏的。

噜噜：“这是噜噜我的招牌姿势之一哦！”

看开

从那天起，爸爸就再没有来看过我了。

现在，我已经想开，爸爸妈妈一定有他们的苦衷，才让我住在阿玛家，我也已经明白，我再也不可能回去那个家了。不过没关系，虽然阿玛家猫咪们还是跟我不太好，但我会学习尽量跟他们和平相处，不过对于阿玛的挑战，我是不打算停止的，至于铲屎官们对我的好，我只能用努力踏踏来回报了……

噜噜

小知识

猫咪也要社会化哦！

噜噜从小就跟人类生活在一起，导致刚到阿玛家时，有些社会化不足的现象，不仅主动挑衅阿玛家猫咪们，连带着咬人抓人的力道也都控制得不太好，很容易让人受伤。不过噜噜算是阿玛家里最亲人的猫咪，因为喜欢人信任人，又经过这些年来与铲屎官们及阿玛家猫咪们的磨合，现在也渐渐学着如何控制自己的脾气与力道！

尝试让新旧猫和平相处

如果家里原本就有猫，要再增加新猫口，建议以幼猫为优先考量。然而新旧猫都需要时间习惯彼此，若新猫一进门就马上接触旧猫，很容易起争执。以下有一些小方法可以试试看哦！

Step 1 先让新旧猫做隔离，避免一见面的争吵

新猫进门后，可以先用大小适中的笼子，把新猫隔离，让他们先知道彼此的存在，也方便观察彼此相处的感觉。

Step 2 交换气味

用手或毛巾，触碰猫咪胡须与脸颊腺体的部位，让他们互闻彼此、习惯对方，也可借机观察他们的反应。

Step 3 见面有好礼

等以上步骤都完成，猫咪们的反应也还算和谐的话，就可以尝试让他们相见欢。初次碰面时，可以给些好吃的（罐头或零食），让他们觉得碰面就会有好事发生，借此产生良好的反应连结。

其实重点是给他们时间相处，不要太逼迫他们，不过还是要有个心理准备……有时处不来的猫，有可能会一辈子都无法和平共处……

铲屎官

小知识

怀孕养猫！到底会怎样？

在台湾有很多猫咪就像噜噜一样，因为饲主怀孕，便面临了被弃养的命运。但怀孕真的不能养猫吗？他们究竟在害怕些什么呢？

认为猫咪会危害到孕妇及胎儿的人，大致上可以分为两种：第一种人根本不知道为什么要反对孕妇养猫，他们单纯因为对猫咪有不好的刻板印象，他们只会说猫咪对小孩子不好，但却说不出个所以然来，因此这些人说的话没有任何参考价值。另一种人则是担心猫咪会将弓虫（又称弓浆虫或弓形虫）传染给胎儿，造成畸形儿甚至流产，但其实这样的传言也都只是一知半解而已。

胎儿受到弓虫感染的五个必要条件

事实上要发生这样的概率，可说是微乎其微。究竟什么样的情况才会让猫咪感染弓虫，并且传染给孕妇，而且还会对胎儿造成影响呢？必须满足下列五个条件（缺一不可）！

1. 猫咪初次感染弓虫。因为猫咪一旦感染过，就会产生抗体，终生不再感染，便几乎没有机会再传染给人类（但室内猫只要不吃生肉，便没有感染的可能。）

2. 孕妇本身在怀孕期间首次感染弓虫。若是孕妇从前就曾经感染，便会产生抗体，终生免疫。

3. 猫咪在孕妇怀孕后首次感染弓虫，并且在猫咪感染的两周内（尚未产生抗体），孕妇恰巧接触到猫咪卵囊已孵化的粪便（卵囊并非立即有传染性，需等一到五天才会孵化，若是每天都清猫砂，卵囊还来不及孵化就会被清除）。

4. 孕妇接触到具有传染性的粪便之后，粪便还必须直接接触到嘴巴。

5. 即使孕妇真的因此初次感染弓虫，也并非一定会传染给胎儿（原则上是怀孕越初期机率越高）。

人类常常因为自己知识的不足而容易做出错误的判断，与其将心爱的猫咪弃养，还不如注意环境卫生及避免食用生食料理，下次若有长辈或是亲朋好友提出把猫咪送走的建议时，记得一定要为了这些孩子据理力争，说什么也别抛弃他们哦！

title 照顾和被照顾

written by 柚子

柚子："不知不觉，我也变成别人的哥哥了！"

太丢脸了

原来大家都有一段这么悲伤的过去。比起阿玛和其他哥哥姐姐弟弟，我的过去还真显得有点无聊啊，哈哈！

我从小在新竹的一个家庭出生，没多久就被送到阿玛家，严格说来，我流浪过的时光，就只有那短短的、从新竹搭客运到台北的一个多小时，没错，就是这么短，这根本像是在玩打扮家家一样，真是太羞辱人了。我堂堂一个男子汉，竟然没有流浪过，唯一一次待在室外最长的时间，竟然只有一个多小时，而且还全程被保护得好好的，连我的四脚都完全没踩踏在外面的地面上。身为一个家庭地位仅次于阿玛的成员，没有贡献就算了，连在外面讨生活的经验都没有，真是太难以启齿了！

我就是偏要叫

从小到大，我的个性就是有话就说，从不拐弯抹角，不论是对谁都一样。记得当年要进阿玛家那天，有个人类姐姐负责带我从新竹搭车，沿路上她竟然把我放进笼子里，还放在她的脚下，我除了吃惊之外，还感觉到很不被尊重，那个位置灯光昏暗不说，空气也不流通。我堂堂一个男子汉，怎么可以这样被踩在脚底下？

所以我不断大声跟她说：“我应该要坐你旁边的位置，你快把我放出来……”可是她竟然假装没听到，还拿东西遮住我的笼子，想要让我的声音传不出去。有些猫遇到这样的情况，可能叫几声就会放弃，但是我可不一样，我体力好得很，一点都不会觉得累，况且她越不想要我叫，我就偏要叫，我要叫得全车的人都注意到我，我要让他们都知道我现在正在这个女人的脚下受着苦。

而那个女人虽然一副“我害得她很丢脸”的表情，但无论我怎样大声怒吼，她还是不肯放我出去，啧……脸皮还真是厚啊！就这样，我沿路放声呐喊，她却丝毫对我不理不睬，不仅没有羞耻心，连一点同情心都没有，就这样让我叫了一个多小时，才抵达目的地——阿玛家。

柚子："为什么不放我出来？！"

被照顾的我

刚进阿玛家，铲屎官们因我“沿路持续不间断的叫”导致失声而觉得好笑。可恶，没有人关心我的心理状况，也不担心我会不会因此感到沮丧自卑，他们只想到自己眼前的快乐，完全不顾虑我的一世英名可能从此毁于一旦。就这样，这些人嘲笑了我整个下午，而阿玛他们就在旁边看好戏，完全没有替我抱不平的意思。

我叫那么大声，声音都哑了，
变 Rocker 了！

呵呵……你的声音真好笑！

因为我是小猫，小猫初到阿玛家，当然需要这些老猫来带我进入状态，教导我懂得家规，也帮助我学会阿玛家的生存之道。我本来以为大家会想抢着来带我，没想到第一次见到我，每只猫都故意推托，招弟、三脚说自己很忙，Socles 觉得自己经验不足，然后噜噜说他自己都顾不好自己了，哪里还有心思管我？总之最后只有阿玛不得不勉强自己来带我，因为不是心甘情愿，所以每次见到我都一副苦瓜脸，好像我欠他的一样。

吃饭!
什么?

动作快!!
好啦!!

原来“吃饭”是这个意思

记得第一次跟大家一同吃饭时，阿玛冷冷催促我上楼，我当时根本不知道发生什么事，只听到铲屎官喊：“吃饭！”整个阿玛家就像是大地震一样，大家马上飞奔上楼，我还没来得及从惊恐中回过神来，就被催促要跟着一起上去，边上楼还边被旁边的三脚骂：“搞什么啊？动作快一点！不想吃饭啦？还慢吞吞啊！”什么嘛，三脚也太凶了，当时我只觉得，为什么这个疯女人平常不教我，只会乱骂人，我第一次跟大家一起吃饭，不懂规矩也是正常的啊，她有话就不能好好说吗？她难道不能对我用爱的教育吗？

总之我好生气，而且我不懂，大家任凭三脚这样骂人，就连阿玛都要忍气吞声，却没有猫敢与她对抗，到底是为什么？后来我才发现，三脚就是刀子嘴豆腐心，虽然骂猫超凶，讲话很难听，但其实心地还蛮好的，我肚子饿时她会先让我吃，冬天寒冷时她会靠在我身边取暖，虽然总是板着一张后妈的恶毒脸，语气也总是很不客气，但还是藏不住她对我的关心。

小鸟姐姐才没有不见

虽然大家对我都很好，不过终究只是把我当成小孩，他们只有教导我的责任，却没有跟我玩的兴趣。每天除了吃饭、睡觉、上厕所之外，他们什么事都不做，只会发呆，我每次想要找他们玩，他们都不理我，不然就是叫我去找铲屎官们。可是铲屎官对我更是敷衍，他们真的就只把我当作一只猫，每次我拜托铲屎官们陪我玩，他们通常不会理我，只有偶尔他们很闲的时候，才会拿小鸟姐姐陪我玩，但玩没几分钟就又把小鸟姐姐藏起来，然后跟我说："小鸟姐姐不见了！"哼！骗谁啊，我明明看见他把小鸟姐姐藏到柜子上面那个小盒子里，虽然他们每过一段时间就会偷换地方藏，但是都难逃我锐利的双眼，每次我只要一找就会找到，后来铲屎官们竟然直接把小鸟姐姐藏到我打不开的箱子里，真的很过分。

柚子：“小鸟姐姐很会飞，而且速度都非常快！我要很专心才能抓到一两次，但每次抓到后，铲屎官都马上叫我放开她，我可是好不容易才抓到的！很累啊！”

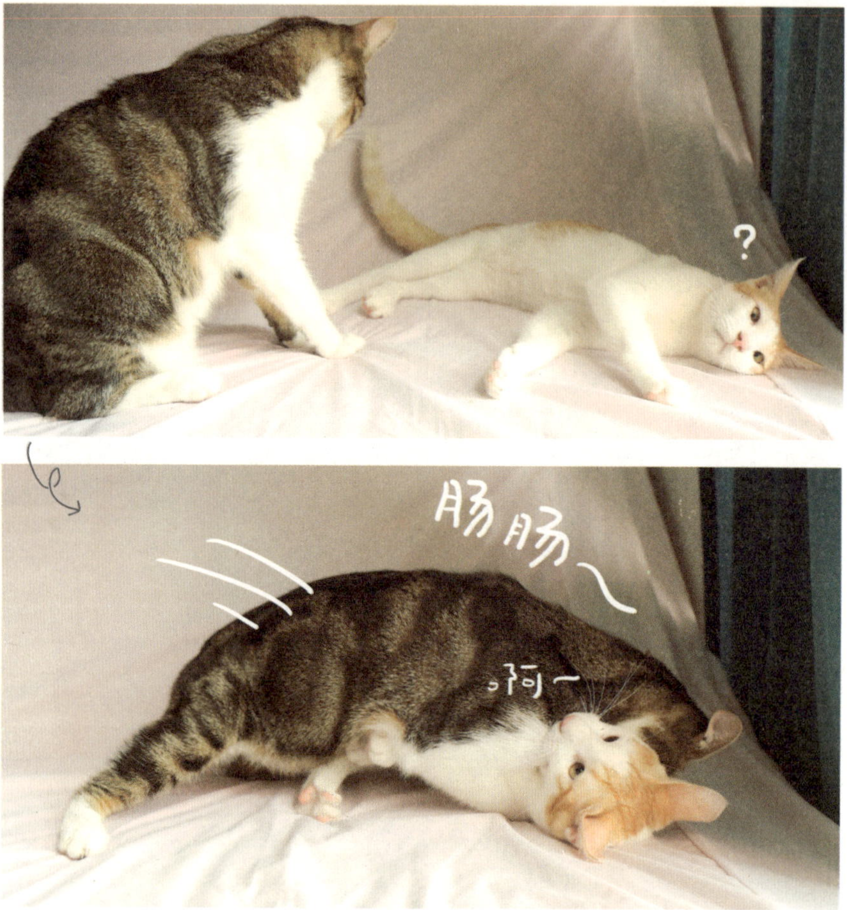

跟浣肠玩超棒的

这种无聊的日子，持续了一年多，直到浣肠进宫，我简直开心死了，马上自告奋勇当他的家庭导师。浣肠来了，就代表我的猫生总算会有一点变化了，从今以后，我不再是阿玛家里年纪最小的小屁孩，而且最重要的是，我终于拥有真正的玩伴，不需要再去求那些不屑跟我玩的猫跟铲屎官了。

柚子：“怎么玩都玩不腻！” 浣肠：“你都一直压我！”

每天一大早，从睁开双眼的那一分钟开始，浣肠就会一直跟在我身后，当我的小跟班，我们每天都会想出好多游戏，玩累了就睡觉，睡饱了再吃饭，虽然三脚每次看到我们跑来跑去时，还是会大声骂我们。但是很奇妙的是，以前自己被骂会觉得害怕，现在跟浣肠一起被骂，却觉得没什么好怕的了，有时候我们甚至还会故意一起跑给三脚骂，一起调皮捣蛋把阿玛家弄得乱七八糟，看到大家人仰马翻的样子，真是超级好玩。

啊~我很忙!!
陪我玩!!

责任感

不过，现在的生活虽然有趣，但还真是有点辛苦啊。以前就算无聊，却可以无忧无虑地过日子；现在虽然快乐，但毕竟有了照顾浣肠的责任，就觉得好像有种当哥哥的感觉，哎呀，好像有点体会到照顾另一只猫的感觉了呢！

柚子

柚子：“搞清楚谁是老大！” 浣肠：“啊啊……”

小知识

典型的多猫家庭

阿玛家算是一个典型的多猫家庭，每当有新猫加入时，一定会有一段新旧猫咪必须经历的磨合期，如果新加入的猫咪已是成猫，通常会带有自己原本的生活习惯与个性，再加上许多成猫较可能有排他性，相处起来问题会比较多，处理方式也可能会比较复杂。

我们发现一件很有趣的事情，如果新来的猫咪是幼猫，旧猫里会推选出一位来负责带领新来的小猫，教会小猫各式各样应该注意的阿玛家的规矩。当初招弟加入时是由阿玛悉心带领她，阿玛对招

弟不仅像是严师慈父，更像是体贴的另一半，非常温柔；但不知为何，明明柚子也是由阿玛指导，不过相较之下，阿玛带领柚子，却感觉有些不情愿，偶尔甚至会对调皮的柚子动怒，不像对招弟那样好脾气，然而不情愿归不情愿，阿玛却还是认真地带着柚子学习阿玛家的规矩。

至于柚子对浣肠就完全不同了，浣肠刚进入阿玛家时，柚子就一副迫不及待想跟浣肠一起玩的样子。一解除隔离，他们俩就整天都腻在一起，柚子对浣肠也十分有耐心，更会主动陪浣肠玩耍，比起阿玛以前带小孩的不情不愿，柚子可算是乐在其中，不过这也可能是因为柚子第一次带小孩，感到特别新鲜，而阿玛应该是已经当过太多次保姆，早就觉得无趣了吧。

铲屎官

阿玛点评

阿玛：“我只是懒得管了，因为柚子很皮，柚子如果跟招弟一样温文尔雅，那我也不会对他动怒啊。不过就算我动怒，柚子一点也不害怕，时间久了，我也懒得管了嘛！”

阿玛

title 紧张的我

written by 浣肠

浣肠："还好找到组织了，不然外面好可怕！"

落难的时候

回想起过去在外流浪的日子，真是好辛苦哦。那时的我瘦瘦小小的，常常自己走在街上，没有目的，也不知道该往哪里走，因为没有东西吃，所以随时随地都在马路边寻找食物，不过马路上的猫猫狗狗们也都饿着肚子，他们并不会因为我年纪小就让我，甚至总会为了食物而想要追杀我。

我还记得那天，我莫名其妙被一只大狗追着，不知道他是太饿了还是单纯不喜欢我，跑了好久他都没要停下来的意思，直到最后我跑进一间人类的屋子，他才没再追进来。

那个箱子

其实，这种事情也不是第一次发生了，每次被狗追，我都好害怕，我那么小，一旦被抓到，怎么可能逃得掉？我常想，上天真是不公平，让我的身体那么小，却让那些坏狗长得那么大，更可怕的是人类，他们的身材更是巨大，我在路上常常看到很多人类，虽然看起来没有要害我，但我总会担心，万一他们其实不像表面那样和善，万一他们突然想要伤害我，那我逃得掉吗？一想到这，我就不敢靠他们太近了。

那天我跑进某个人的屋子后，便躲在一个柜子底下。突然，有人类的说话声打断了我的思绪，我抬头一看，是两个女生，而她们正由上往下看着我，还正在讨论我，正当我想着不知该直视他们还是应该转移视线时，忽然有双手伸出把我抓起，那瞬间我本来要逃的，但那双手的速度太快，又抓得有点紧，我虽情急之下咬了她一口，却还是没能逃掉。其实说实在的，我也不知道要不要逃，抓我的那个人类姐姐，看起来并不像坏人，但我又不确定她真的不是坏人，正在犹豫不决时，我就被装在一个箱子里了。

铲屎官：“这是可以让人类通体舒畅的东西哦！”

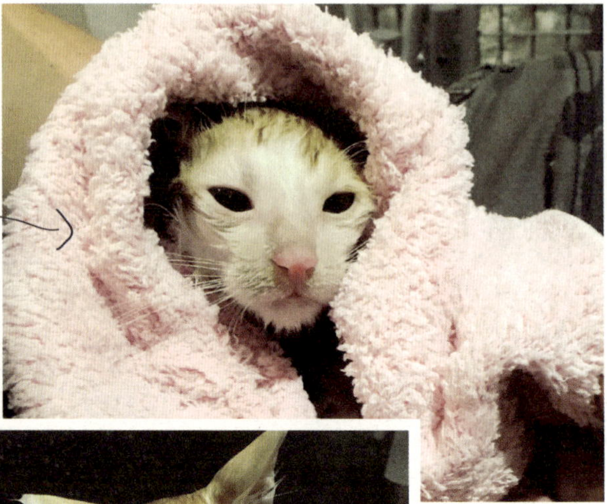

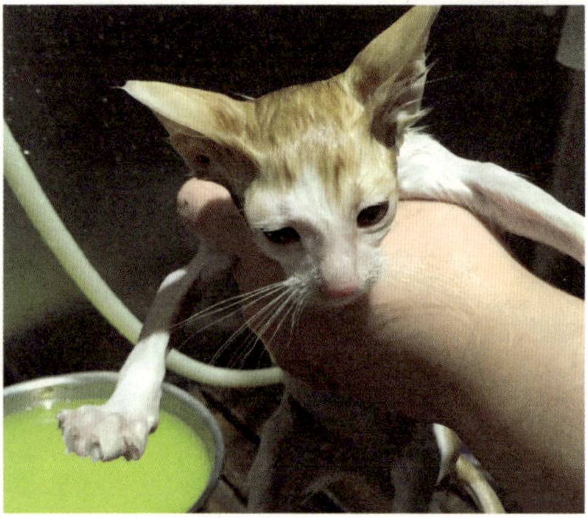

浣肠：“哦！我现在还是搞不懂，为什么要把我弄湿，然后再把我擦干，这样有什么改变吗？咦？我身上好像变干净了？”

谢谢 Kissa 姐姐

其实姐姐是想要救我的，她让我暂住在她朋友的家里，并照料我的生活起居。姐姐还把遇到我的事情经过写成一篇文章，放到网络上，里面还提到我的名字由来，听说很好笑，好像还因此有很多人认识我，甚至让我有机会进入阿玛家。不过话说回来，我变得很有名是因为我长得很好笑吗？还是因为我的名字很好笑呢？人类的世界真是好难懂啊！

进入阿玛家的前几天，我开始觉得有点不安，不知道去那边会不会被欺负，我会有吃不完的饭吗？面对未来生活的不确定，我变得有点焦虑，好在有姐姐一直陪伴着我，阿玛家的铲屎官们也有提前先来看看我，这才让我稍微放心。

晕车

进入阿玛家那天，姐姐亲自驾车送我到阿玛家，我以为我会很紧张很不舍，结果并没有，因为我晕车了……一开始只是身体有点失去平衡，但随着时间一分一秒过去，状况没有好转，头反而更晕，最后甚至还吐了。本来我打算将这事当成一个秘密，我绝对不跟任何人说，但没想到姐姐一到阿玛家就告诉铲屎官们，其他猫咪也都在一旁听得一清二楚，导致后来柚子哥哥每次提到这件事，都要嘲笑我好久，真是太过分了。

阿玛：“你好好在阿玛家里多学着点吧！”

柚子哥哥对什么都充满好奇，他不怕遇到可怕的事情吗？

里面放什么？让我来看看！
賜財運

浣肠："在柚子哥哥旁边睡觉……很安心。"

柚子哥哥是我的偶像

说到柚子哥哥，他是我在阿玛家最棒的好朋友。从进入阿玛家的第一天开始，他就一直隔着笼子很热情地向我打招呼，等到我被放出来后，我们更是每天都黏在一起。柚子哥哥除了教我好多阿玛家的规矩之外，还会陪我玩耍，我们总是一起吃饭、一起睡觉、一起做任何事，这种有朋友的感觉真好，不像从前流浪时，整天都孤零零的。

不过我们俩在个性上，可以说是完全不一样的。遇到任何事情我都会先观望，看清四周环境，确认没有危险之后，才能稍稍放心，做任何事之前我一定先深思熟虑，绝对不做冲动莽撞的行为；但柚子哥哥可就不同了，他不但外向活泼，而且有胆识勇于冒险。在我心中，真的觉得柚子哥哥好帅气，一副天不怕地不怕的样子，只要跟着他，好像就永远不会遇到困难一样，这点让我很安心。

给我时间慢慢适应

虽然在阿玛家的日子很快乐，但有件事情却让我适应了好久。不知道是不是我太胆小了，刚到阿玛家时我总在想，柚子哥哥和其他的猫咪们，他们对于人类的信任程度，真是远超我的想象，每次看到他们被铲屎官们任意抚摸，甚至还主动去撒娇，我就替他们担心，他们怎么能确定铲屎官不会伤害他们？虽然他们都说我想太多了，还劝我要放松心情，但我还是常常不由自主地保持着警戒。时间久了，发现铲屎官其实对大家都蛮好的，久而久之，我也才觉得没必要提心吊胆了，铲屎官想要摸我时，我开始努力试着不逃跑，也尽量不要那么紧张，这才发现，原来被人类轻轻抚摸是这么舒服的一大乐事，之前的我竟然还在那躲躲藏藏的，真是太愚蠢了。

浣肠

我会努力试着不害怕，
只是有时候胆子还是很
小啦……

小知识

面对容易紧张的猫咪

一直以来，阿玛家的每只猫咪，在他们来到阿玛家前就拥有十分亲人的个性，也因为这个缘故，无论他们与其他猫咪有任何争执，我们随时都可以担任他们的避风港，担任他们最好的朋友。

但是浣肠是个例外。刚进入阿玛家没多久，我们就发现他其实不像阿玛他们那样亲人，而且非常容易紧张，每当我们想摸他他就会弹开，只要一靠近他就会吓到，一副把我们当坏人的样子。第一次遇到比较不亲人的猫，总会感到有点受挫，心里会想说：“我们对你那么好，你干吗一直害怕我们啦？”不过后来仔细想想，也

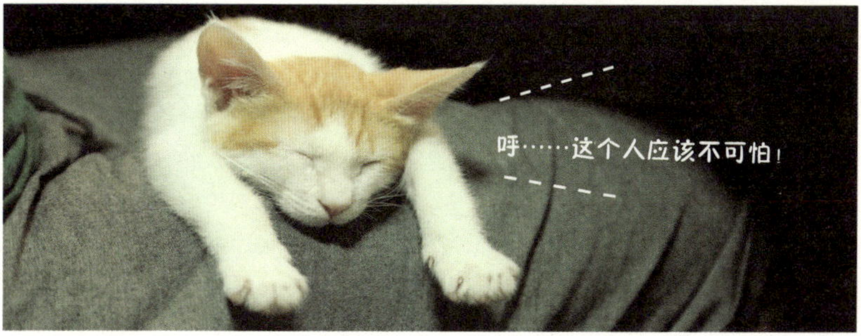

许是因为浣肠小时候被狗追的经历，让他很容易受到惊吓，这样想来，就也不那么强求了，只要他健康快乐就好。

我们所能做的就是尽量对他好，尽量讨好他，希望有一天他可以变得与我们亲近些。后来我们发现，浣肠虽然很多时间都躲在角落，但其实都在偷偷观察我们。因为小猫常常靠模仿来学习生活经验。于是，我们开始常在浣肠面前与其他猫咪互动，尤其是最爱撒娇的那几只猫，我们尽量让浣肠看到他们被我们抚摸，甚至是他们主动对我们撒娇的画面，或许可以让浣肠有些耳濡目染的效果。果不其然，没过多久，浣肠便不再排斥被抚摸，到现在已经会主动对我们撒娇了。

铲屎官点评

铲屎官：“其实每只猫咪的个性都不一样，如果大家能用心去观察，很多问题都是可以解决的哦！”

铲屎官

Part 2

私生活

阿玛：“铲屎官的绝技。”

Socles：“希望自己可以白一点。”

噜噜：“这样坐，错了吗？”

浣肠：“请陪着我吃饭。”

招弟：“阿玛还爱我吗？”

三脚：“关于生孩子这件事。”

柚子：“我不是故意要乱尿尿的。”

阿玛：“我们终究要面对的课题：离别。”

不准再叫我减肥，你们这群笨铲屎官，我要吃饱！

铲屎官的绝技

written by 阿玛

天下每只猫咪最大的心愿，就是拥有一个爱自己的铲屎官。不过我身为一家之主，想要当我的铲屎官，当然没那么简单，除了要够爱我之外，还要够聪明。

我的铲屎官懂得察言观色，只要我有什么需求，他都能马上明了，并且满足我。一般来说，我的大部分要求，他们都能做到，不过只要牵扯到我的膳食，他们有时就蛮大胆的，竟会故意忽视我的指令，而且时常向我进谏我最不想听到的那些话，像是“阿玛，你太胖了！”“阿玛，你该减肥了！”“阿玛，今晚吃少一点好不好？”。不要不要不要！我才不要减肥，我也不要吃少一点，你们怎么可以这么自私，知道饿肚子是很难受的吗？

教铲屎官握手

刚开始，只要我一开口，铲屎官们就会奉上我的膳食，但久而久之，他们开始试图假装没听到我说的话，不论我讲得多大声，他们都充耳不闻，这让我好生气，便想要伸手揍铲屎官。没想到铲屎官看到我伸出手，也伸出自己的手来握住我的，还跟我四眼相对，这实在是让我有点害羞。不过铲屎官似乎对于这样的举动感到开心，还一直想跟我重复这样的举动，而且因为他们开心，便会给我吃好吃的点心，于是就这样莫名其妙地教铲屎官们学会“握手”的技能了。

我又发现，如果一次握两只手，铲屎官会拿出更多好吃的东西来哦！

教铲屎官撞头

至于“撞头”，其实算是握手的进阶版，每次都只有握手，我觉得有些无趣，而且握完手，铲屎官通常只会给我一点点食物，怎么可能会有饱足感，于是我想，若是能再训练铲屎官更多与我的互动，或许会有意想不到的效果。果然，铲屎官一教就会，只要我与他们撞头，他们就会乐不可支，还硬要我多撞几下才肯罢休。虽然这两样技能听起来不算太难，但是也是我花了很多心思观察，才训练成功的。我觉得只要有心，

铲屎官：“谢谢阿玛教导！”

真的没什么做不到的，虽然天下的每个铲屎官个性都不一样，也许你家的铲屎官要用别的方式训练，也或者有些铲屎官天生比较愚钝，永远学不会，但只要他们愿意安分守己，愿意好好伺候你，就别计较那么多了吧！我希望大家都能善待自己的铲屎官，千万别因为任何原因弃养他们哦！

阿玛

握双手

阿玛：“这个双手招数不简单，除了天分之外，还要让你的铲屎官有足够的训练，方可练成。”

午休

阿玛：“撞头握手完后，若没什么事，我会先躺在落地窗前，晒晒太阳……稍作歇息。”

站在这边最显眼了，
所以要随时注意安全！

希望自己可以白一点

written by Socles

我是一只黑猫，一只全黑的猫，除了眼睛和指甲之外，我全身上下都黑得发亮。从前我曾对此感到满意，黑色是多么沉稳高雅，而且还能让我保持低调。我从小就不是一只喜欢出风头的猫，要我每天像阿玛那样抛头露面的，我做不到；要像三脚那样凌驾在公猫群中，宣扬女权主义，我更是没那个勇气。

刚到阿玛家时，我总是待在角落的位置，只要躲在阴暗的角落，再加上我的肤色，就一定会是安全的。但是我毕竟是猫，不是雕像，总需要起身走动，或是上个厕所喝口水，不知是否因为平常的我太安静了，导致每次只要我有一点点动静，大家的目光便会立刻聚集到我这儿。我本来以为黑色是安全的保护色，但不知道为何，每次我只要一起身，大家就会马上注视着我，任凭我再怎么放慢动作，他们都会发现，然后往我的方向走过来，紧接着我就会放声尖叫。

黑色影子

后来我才知道，在其他猫咪的眼中，我简直是一团影子。平常不动还好，一旦动起来，因为我的紧张导致步伐缓慢，反而被觉得是偷偷摸摸、鬼鬼祟祟的样子，在他们眼中，我的肢体自然就变成一团飘忽不定、行踪诡异的影子，让人不注意也难。

我反复思考过，如果换成是我自己，看到像我这样的影子，我一定也会受不了，想要冲去一探究竟的啊。但即便如此，我看到他们冲过来，还是会不由自主地尖叫。当他们听到我尖叫，他们就更想要来抓住我，而原本没在注意我的其他猫咪们，也会被吸引过来，想要一探究竟。有时我仔细一看，冲过来的两只猫咪刚好是阿玛和噜噜，他们一看到对方就为了我互相争吵，我觉得更紧张自然就叫得更大声了……

Socles

阿玛：“我没有要抓你，只是想摸摸你，看看你啊！”

撒娇

铲屎官：“每次放她的照片上粉丝团，都会担心大家因为她黑、眼神凶恶，就觉得她很难亲近，因此误会了她，但其实她非常亲人、讨人疼，也很会撒娇，只是她唯一不想撒娇的对象，大概就是阿玛吧。”

凝视 & 疑惑

Socles："你为什么长得那么像那个变态？你跟他是什么关系？然后你为什么是斗鸡眼？"

这样坐，很放松啊……

这样坐，错了吗？

written by 噜噜

社会上每只猫都应该拥有基本猫权，除了生存权之外，还应该有自主活动权。我想去哪就去哪，我爱怎么睡就怎么睡，每只猫都有自己的个性与习惯，大家应该尊重他猫的生活方式，不能互相干涉。但很显然有些猫就是不懂这些，喜欢破坏和平，管东管西的，什么都要干涉我，连我的坐姿都要挑三拣四的，就算你凌驾于猫群之上也不能这样霸道啊。

没错，我就是在说三脚。

我每天过得好好的，为什么三脚老爱针对我，不管我做什么她都不顺眼，什么“坐没坐相”？我从小到大都是这样坐的，何错之有？我把身体放松地靠在墙壁上，让背有所支撑，再把脚放直，得到最舒适的伸展，这样的坐姿不只舒服，还很符合猫体工学，到底有什么不好？

我是懒得计较啦

有一次我坐在地板上享受悠闲时光，明明离三脚很远，可是她偏偏要大老远绕路到我这边来骂我，真是够烦，分明是故意找我麻烦，我只是不想跟她计较，她还以为我怕她啊？她真的以为大家都怕她吗？才不是咧！大家只是不想跟她计较，她难道没发觉她总是用断掉的那只手打我们吗？根本一点杀伤力都没有！要不是阿玛下令不准忤逆三脚，我早就反击了，每次还要在那边装得很害怕的样子，其实我根本没不怕的，要打架我才不会输咧！哼！

三脚：“我只是希望你姿势要端正，很难吗？”

沉思

噜噜：“晒着太阳，我开始思考我的猫生，但是我有点无法思考，因为好舒服……好困啊……”

盲从

噜噜："柚子最近总是带着浣肠一起看小鸟……常常一看就是一下午，搞得我也跟着他们一起看，我也不知道我为什么会这样子，我是不是怪怪的？"

嗨……你可以陪我共进早餐、午餐和晚餐吗？

请陪着我吃饭

meow

written by 浣肠

阿玛家里什么都好，有哥哥姐姐陪我玩，有铲屎官照顾我们生活，还有好多小鱼干跟罐头，偶尔还有好吃点心可以享用，其实这样的生活已经很棒，但是在我心中，还有一个小小的心愿，希望铲屎官能够答应我。

其实我想说的是，你们……你们可不可以陪我吃饭啊？

我的意思是，像我小时候刚进入阿玛家那样，让我在你们桌子上，你们忙你们的工作，我吃我的小鱼干，而且我不需要碗盆，只要把小鱼干直接倒在桌上就可以了。

一点小要求

这个要求听起来有点幼稚，我不是害怕孤单哦，也不代表我还是小孩子哦！我只是很怀念那时候的吃饭时光，哎呦，也不是害怕跟哥哥姐姐们一起吃啦，只是，我发现跟他们一起，我总是会有点压力，毕竟你们也知道，我吃饭速度很慢嘛，我喜欢慢慢来，我不喜欢很急的感觉，在你们的桌上，我就可以很放松地吃，吃个几口还可以先去做点别的事，忙完再回来吃就好，这样多悠闲啊！但跟他们一起吃饭就不一样了，总像在打仗一样，我得专心一口气把饭吃光光才可以休息，有时去忙别的事回来，我的饭就不见了，这样的吃饭好累哦，我不喜欢。

柚子：“吃饭时大家都很饿啊，当然急咯！”

所以，为了我的身心发展着想，希望铲屎官们可以答应我，我以后会继续常常帮你们清理桌子的（例如：把桌面上的所有小东西都扫到地板上）。

很小很小的要求

浣肠：“然后铲屎官，我还有最后一个很小很小的要求，我蛮喜欢你用手一颗一颗喂我吃饭的，以后可以常常这样吗？”

眼花

浣肠：“我时常在想，阿玛家常常会有一个黑影跑来跑去的，那个到底是什么？是闹鬼吗？还是我眼花了？怎么看都不看不清楚啊！”

阿玛还爱我吗？

written by 招弟

韶光似箭，日月如梭。想当年，只有阿玛与我待在这间屋子里，每一天，我们的世界里就只有彼此，睁眼闭眼也都只会想到对方，但如今，这间屋子变热闹了，而我也只是阿玛家众多成员里的其中一员罢了。

记得从前，阿玛最爱替我舔毛，不论他有多累多忙，每天一定会空出时间来帮我整理仪容。我们总在午后的阳光下，躺卧在沙发互相诉说着心事，阿玛最喜欢我窝在他的怀里，他会用那大大的臂膀，当作我的依靠，还有用那软软的肚子为我取暖。

我会学着懂事

如今，阿玛只有好几十万网民追随着，当然不能再像从前那样，整日无所事事陪伴着我了。家庭事务繁忙，阿玛家又新进了许多成员，每天都有大大小小的琐事等着阿玛处理，或许也因为这样，阿玛不知有多久没有替我舔毛了。

我相信阿玛还是爱我的，可是需要阿玛的不止我一个，我应当顾全大局，不让阿玛为难才对。阿玛就像是我的避风港，不论我发生什么困难，他永远都是我的后盾。只要阿玛在我身边一日，就算他没帮我舔毛也不要紧，小时候我还不懂得照顾自己，但是如今我长大了，也学会舔毛了，从今以后，就换我来替阿玛舔毛吧。

阿玛："谢谢招弟体恤我的辛劳……"

知足

招弟：“有时候自己坐在沙发上晒着太阳，舔着自己的毛，不用期待别人来帮忙，好好对待自己，其实也很幸福呢！”

和谐

招弟：“站在这边，可以从高处俯瞰阿玛家的大厅，虽然偶有争吵，但大致也还算和谐，这是多么得来不易啊。”

这个世界的残酷现实，
我已深深体会过了。

关于生孩子这件事情

喵

written by 三脚

对于当过母亲的我来说，在经历怀孕且生下孩子们的那一刻，我觉得这真是一件神奇又美妙的事情，原来在我的肚子里，也可以孕育出这些小生命，并且活生生地在我身边嗷嗷待哺。

我本以为我和孩子们会一直幸福生活着，但面对着残酷的现实，才发现事情并非如我所想那样单纯，这些小生命的将来完全不是我所能掌控的，我眼睁睁看着他们被欺负，看着他们被伤害，我却无能为力保护他们。我生过的孩子有数十个，但现在却一个都不在我身边，他们有些在逃难中离开我后就音讯全无，有些在还没离开我之前就被迫离开这个世界，无论我再怎么爱他们，我终究无法保证他们一生平安，那么，他们又何苦要来到这个世界上呢？

幸运的到来

幸亏后来我遇到了那两位好心人，他们让我不必再怀孕，不必再受这些痛苦折磨。身为一只流浪猫，我连我是否能呼吸到明日的空气都不知道了，又有什么资格让孩子陪着我受苦呢？

如今我已进入阿玛家，过去种种早已如云烟消散，如今看到铲屎官们愿意把没有家的孩子们一一带回家，其实内心是很欣慰的。身为一个曾经伤心的母亲，自然更能懂得这些孩子母亲的心愿，必定是希望他们能一生平安。我常在想，外头不知还有多少孩子正在流离失所，希望有天他们都能免除恐惧，找到属于他们自己温暖的家。

招弟："我虽没生过孩子，但身为女性，听到三脚的心声，有点心酸……"

过去

铲屎官："认识你的时候，你就少了一只手，还听说经常被欺负，你一定过得很辛苦。"

三脚："那些都过去了，谢谢你们愿意当我的另外一只手。"

发福

三脚：“吃饱，睡好，就会发现幸福。”

你干吗偷偷爆我
的料！可恶~
啊！痛！

我不是故意要乱尿尿的

written by 柚子

我想要先自首一件事情，其实，最近阿玛家里让铲屎官很生气的“乱尿尿事件”，犯人之一就是我啦！不过，我不是故意的，要怪就要去怪浣肠，都是他害的哦。

就是浣肠带头乱尿尿的，其实我也不懂，他到底哪来的胆子。我第一次发现浣肠乱尿尿，是在某天早上放饭前，大家一如往常都在等着吃饭，只有浣肠鬼鬼祟祟地跑到沙发上拼命用鼻子嗅东嗅西的，我还在想，那边是有什么好吃的食物吗？然后我就亲眼看到浣肠尿尿了，而且好大一泡，果然是早上起床的第一泡尿呢！后来理所当然让铲屎官很不开心，不过他也不能把浣肠怎样，这件事情也就不了了之。

里面不是水，是浣肠的某种黄色排泄物。

我也不知道我怎么了

我问浣肠："你干吗要乱尿尿？你不是早就知道厕所的位置了吗？"浣肠支支吾吾也说不出个所以然，我就猜想或许他只是小孩子，一时尿急胡乱随地小便吧。谁知道没过几天，浣肠又乱尿了，而且最扯的是，噜噜也跟着尿，还有我……我不知道为什么也……也乱尿了。

相信我，我真的不知道为什么，浣肠变得好奇怪，他全身上下都散发出一种让我不舒服的感觉，我相信噜噜也感觉到了。对了，招弟一定也有察觉异状，因为我们都乱尿了，但我们都不知道为什么，我一闻到浣肠身上传来的气息，我就好想狠狠撒一泡尿盖掉他传来的味道。就这样，铲屎官每天不停换洗沙发套、清洗角落的地板，清理桌面（对，浣肠连桌上、碗盆内都尿！），却始终解决不了这个问题。

虽然我们和铲屎官都不清楚到底发生了什么事，但阿玛和三脚似乎心里很明白的样子，他们不停对着铲屎官大吼：“快切掉浣肠的蛋蛋！”可惜铲屎官什么都听不懂，真是愚笨。就这样又拖了好一阵子，直到某天，铲屎官不知道是哪里开窍了，竟然真的把浣肠送去医院切掉蛋蛋。神奇的是，浣肠那讨人厌的味道竟然就真的因此消失了，连浣肠自己都觉得疑惑，我们更觉得像是做了一场噩梦，你们知道吗？要每天一直到处找不一样的地方乱尿尿，也是超级辛苦的！

浣肠蛋蛋

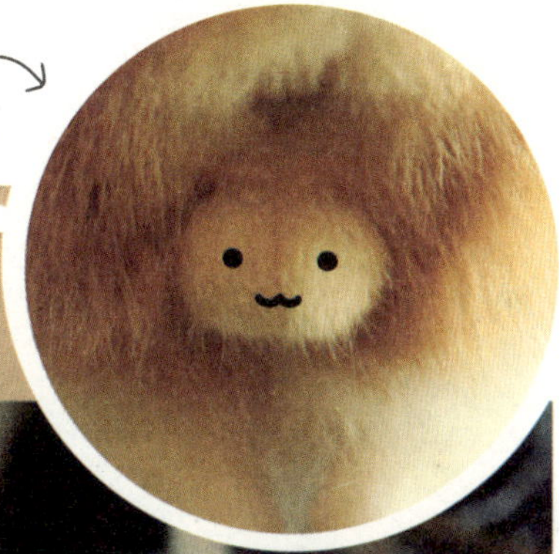

浣肠：“原来是浣蛋惹的祸……”

好哥哥

柚子：“铲屎官，我会认真担任好哥哥的角色，帮你看好浣肠有没有再乱尿尿的。”

铲屎官：“你看起来很不认真……”

坏弟弟

柚子：“你不要再乱尿了！铲屎官很困扰！”

浣肠：“你自己不是也有尿！还敢说我！哼！”

太阳要下山了，
今天又要结束了呢。

我们终究要面对的课题：离别

written by 阿玛

生死有命，富贵在天，我们既无法决定在何处出生，也无法作主何时必须离开这个世界。我常常望着窗外的天空想，若是我当年不曾遇见铲屎官，又或者是被别的铲屎官带回家去，那现在的生活会是怎样呢？说不定可以遇见一个富贵铲屎官让我过上更奢华的生活，但也说不定会遇到个变态杀手将我残忍虐杀。

我时常阅读网民们发的帖子，除了滔滔不绝诉说对我的景仰爱慕外，有些会提及自己与主子的生活点滴，其中有欢笑也有泪水，然而这些生活画面，都成了每个铲屎官面对生活挑战不可或缺的心灵鸡汤。我知道，这些主子都被你们捧在手心里，他们过的生活，一定不会比我差。然而，越是亲爱，面对离别时，才越是难以割舍。

总会有离别的那一天

面对主子仙逝，许多铲屎官总会悲伤到难以承受。我也曾想过，有一天若我真的驾崩了（不是剪指甲的那种），那我的铲屎官们，还有我的数十万子民们该怎么办？你们能够懂得好好照顾自己吗？

虽然我现在身强力壮，但是“生老病死”是任谁都躲不过的生命历程，总有一天，我们都必须去面对，我是如此，每个子民家中的主子们也都是如此。我们毕竟是猫，我们都会比你们更早离开这个世界。若是我们离开了，你们能不能够答应我，无论如何都该好好照顾自己，也要好好继续爱护这世界上跟我一样的同类，把对我们的爱，继续付出在下一个还找不到家的孩子们身上。我要你们好好生活，继续努力向前，如此一来才不会让即将离去的我们担忧且迷失了方向。

也许现在谈这些都还算言之过早，但生命苦短，又有谁能够预料明日的世界呢？希望大家都能懂得珍惜与主子们的幸福时光，我愿天下万民福泰安康，事事遂心。

铲屎官："太阳还没下山就睡着了……"

加油

Part 3

内心话

你问我答，QA 问题集！

后记

领养须知

你问我答！

QA 问题集！

Q 阿玛你爱我们吗？

玛 集万千宠爱于一身的我，当然爱你们啦。

Q 请问有用什么东西，特别帮他们保养毛色吗？阿玛家成员们都好漂亮！

奴 没有，他们天生丽质。若真要说的话，是给予他们无止境的爱。

Q 阿玛你怎么看，柚子跟浣肠呢？

玛 随他们去吧，小孩子玩玩罢了。

Q 请问铲屎官会建议猫要拔指甲吗？

奴 帮猫咪拔指甲，又叫作“去爪手术”，这是非常残忍而且没有必要的行为，猫咪的指甲只需要定期修剪，而不该用类似“将人的手指切除”的方式来去除他们的爪子，这不仅会让他们失去攀爬能力（有可能因此失足摔伤），更会让他们造成心理阴影而衍生更多行为问题。

Q 阿玛多久洗一次澡呢？

奴 阿玛家的猫咪们已经好几年没洗过澡，猫咪其实不太需要洗澡，而且帮怕水的猫咪洗澡，反而容易受到惊吓导致生病。

Q 请问阿玛家成员们剃过毛吗？

奴 只有噜噜以前在旧家有，其他都完全没有哦。没有特殊的原因，其实不用帮他们剃毛哦。

Q 铲屎官不在时，阿玛家成员们都在做什么？会不会捣乱？

奴 会把他们爱玩的东西藏好，比如说电线、易碎品，不让他们有任何机会搞破坏。

Q 到底为什么阿玛会一直叫呢？

玛 谁跟你叫，是我在讲话！因为铲屎官都不听我的话，我才会一直碎碎念，我也是会烦的！

Q 我朋友领养了只流浪猫，请问该怎么让猫跟他更亲近呢？

奴 每只猫的个性不同，但不亲人很有可能是不适应环境，多给他一点时间，慢慢陪伴他。浣肠也有过这种紧张时期哦。

Q 请问铲屎官，我的小猫肉球是黑色的，请问长大后会变色吗？

奴 不会哦，这是天生的！

Q 浣肠你为什么是斗鸡眼？

浣 我天生就这样，看不开啊！

Q 请问Socles，你都是这么酷吗？

S 我只是黑黑的而已，没有酷吧？

Q 噜噜为什么会有那种坐姿？

噜 舒服啊！为何不能呢？

Q 阿玛你爱铲屎官吗？他们平常的工作表现如何？

玛 他们每天早晚各花一小时清猫砂，还会给我准备正餐，吃点心，算是还不错，只是食物可以再给多一点就更好了。

Q 请问阿玛家成员们会吃塑胶袋之类的吗？

奴 阿玛和噜噜爱咬塑胶袋，所以要把塑胶袋全部都藏好。

Q 阿玛家里面总共有几个猫砂盆呢？都是摆在一起的吗？

奴 阿玛家有两层楼，楼上猫房放三个，楼下放五个，都是分开放在角落，或他们常经过的地方。

Q 我的猫跑出去了，请问他会自己回来吗？

奴 其实不一定，猫咪很好奇，有时候出去只是逛逛，有些会记得回家，有些不会，或是遇到危险（被狗咬、车祸）。

Q 晚上阿玛家会跟铲屎官一起睡吗？

奴 不会，铲屎官会把自己关起来，不让猫咪进到铲屎官的陋室。

Q 阿玛家成员们的分量排行是？

玛 这个问题真的很大胆！

奴 铲屎官帮阿玛来回答吧！由重到轻排列：阿玛 > 噜噜 > 三脚 > 柚子 > 招弟 >Socles> 浣肠

Q 对从来没有照顾过或养过小动物的人来说，饲养前，要有什么心理准备呢？

奴 首先，要养一只动物，都必须先有对的心态，要把他们当成家人，千万不要三分钟热度，只是觉得可爱就要养，你要知道，照顾他们要花时间，他有可能会不符合你的期望，会乱尿尿、半夜吵闹、破坏东西、让你过敏等状况，你有足够的耐心面对和处理这些事情吗？扪心自问后，再决定要不要养哦。

Q 阿玛家成员们有没有不爱喝水的呢？有什么方法让他们多喝水呢？

奴 猫咪其实不太会感觉到口渴，他们主动喝水都是身体很缺水时，才会喝上几口，所以要偶尔补充水分。像阿玛家就是在吃罐头时，摄入适量的水，让他们能确实地喝下足够的水分。也要适时去健康检查，因为现代家猫最常生的病就是肾脏病（水分不足）。

Q 请问阿玛家成员们一天吃几餐？多久吃一次罐头呢？

奴 一天大约吃三餐，早中晚，一次两到三汤匙左右，主食罐一周吃两到三次，看他们喝水量而定。

Q 柚子你一天可以坐在落地窗前，看鸟看几个小时？

柚 我可以除了吃饭和睡觉以外，都在看鸟哦！

Q 要怎么把猫养得跟阿玛一样胖呢？

奴 其实没有刻意把阿玛喂胖，可能是阿玛年纪大，新陈代谢较差，所以才较胖，另外就是本身体质的问题了……所以不用刻意喂胖哦！自然就是美啊！

Q 为什么三脚这么凶？

三 我可是阿玛家的纪律委员！当然要有足够的威严啊！

Q 招弟为什么不常讲话？

招 我比较喜欢静静观察大家。

Q 阿玛的影片都很好看，平均剪辑一支影片要花多久时间呢？

奴 若不讨论拍摄的时间，在后制剪辑时，需要先把所有素材看过一次，然后挑选出可用的片段，再加上字幕，配上适合的音乐，大约要花上 10 到 12 小时不等。

Q 猫咪怕出门，要怎么改善？

奴 猫咪跟狗不同，有些猫面对陌生的环境容易紧张，甚至会爆冲导致意外。若非必要，建议不用常常带出门哦，若要出门，猫绳等防备用品要准备好！

Q 为什么阿玛不出门呢？

奴 除了上面提到的原因之外，还有就是，因为阿玛不习惯在猫砂以外的地方上厕所，若是长时间的场合他就容易憋尿，而且人太多，阿玛会觉得被注视，这感觉阿玛似乎不太喜欢。虽然阿玛出门还是算稳定的，但为了阿玛的身体健康，还是会尽量少出门的哦。

Q 阿玛家的家训是？

玛 领养代替购买！
重视生命，善待街猫！

后记！

准备截稿的这几天，正是气候转换的时节，冷止阴冷的天气，也让阿玛家的猫咪们先后前往医院报到，无论是喷雾治疗，还是为了不让猫咪再次着凉所做的隔离及保暖措施，只要是为他们好，就都没什么好犹豫的。

只是三番五次为了猫咪们跑往动物医院，反倒忘记自己也因这天气患了重感冒，明明觉得不太舒服，但一想到去看医生要挂号、要等待，就觉得既烦琐又浪费时间。仔细一想，这不就如同父母照顾小孩一样，对于他们总是事事小心斟酌，相较之下，对自己就显得有点随便了。

铲屎官 / 志铭

相较于阿玛家的第一本书，筹备《猫的内心独白日记》真是辛苦了许多，辛苦的点不是书的内容，而是阿玛家的那群猫。

每当我跟志铭为了排版与内容在仔细讨论的时候，门边就会传来敲门的声音，是阿玛想要来讨零食，好，我开门让他进来吃，吃完让他出去。准备继续会议时，门边又传来声音，这次是浣肠想要来桌边吃饭，好，我开门让他进来吃，吃完再请他出去。等我再次准备好心情后，又传来敲门声……什么！阿玛怎么又是你？你不是才刚吃完吗？然后三脚看到阿玛这样，也开始跟着一起狂敲门，以上情境不断循环……只能说在冬天，猫咪们真的很容易肚子饿啊！

这段时间，阿玛家不断有猫感冒，一开始是柚子，接着传染给别的猫，有一阵子大家都在打喷嚏，后来 SOCLES 变得比较严重，还住院住了四天，好在现在大家都痊愈了，又可以继续烦我们了……（笑）

铲屎官 / 狸猫

领养须知

大家若想要领养猫咪，只要在网络上输入相关关键字（例如：全国、认养、收容所……），就可以找到许多相关网站资讯。大家也可以根据自己的地区需求，透过各地的网络社团网站，找到最适合自己的认养渠道。

不过要注意的是，多数私人猫咪中途为了确保猫咪未来的安全，会自订一些领养人条款，除了需要领养人提供相关个人资讯（包含年龄、家庭成员、经济状况、未来生涯规划……）及结扎保证金（通常猫咪绝育后即可退还）外，也会约定好，日后需不定期做家庭拜访，并需认养人做出未来假设性承诺。

假设性问题！

未来另一半若不接受猫咪该如何处理？

与现任伴侣分手，猫咪该由谁照料？

若要当兵、出国又该由谁负责照顾猫咪？

种种私人问题的询问及繁复的要求，都是为了让这些猫咪能有优良的饲主、安全的生活。

其实若已经做好心理准备，要迎接一个新的生命来到家中，这些付出及考验都是很值得的，越是严苛的认养条件，就代表着这个送养人越重视这只猫咪。就好比人类认养小孩，其中的认养程序才更是复杂麻烦呢！希望大家都能顺利迎回自己的小主子，也希望全天下的流浪猫都能早日找到属于自己的家，迎向温暖幸福的未来。